没有深夜痛哭过的人

不足以谈 人生

吴东方 ◎ 主编

古吴轩出版社

图书在版编目（CIP）数据

没有深夜痛哭过的人，不足以谈人生／吴东方
主编 ． —苏州：古吴轩出版社，2013.6
ISBN 978-7-5546-0083-2

Ⅰ.①没… Ⅱ.①吴… Ⅲ.①故事—作品集—中国—
当代 Ⅳ.① I247.8

中国版本图书馆 CIP 数据核字 (2013) 第 099071 号

责任编辑：王　琦
见习编辑：陆九渊
策　　划：张本滢
封面设计：曲春虹

书　　名：没有深夜痛哭过的人，不足以谈人生
主　　编：吴东方
出版发行：古吴轩出版社
　　　　　地址：苏州市十梓街458号　　　邮编：215006
　　　　　Http://www.guwuxuancbs.com E-mail：gwxcbs@126.com
　　　　　电话：0512-65233679　　　　　传真：0512-65220750
经　　销：新华书店
印　　刷：北京蓝空印刷厂
开　　本：680×960　1/16
印　　张：16.75
版　　次：2013年7月第1版 第1次印刷
书　　号：ISBN 978-7-5546-0083-2
定　　价：29.90元

如发现印装质量问题，影响阅读，请与印刷厂联系调换。010-61531406

平凡人，被爱逼得多英勇

有人说，眼泪是人类情感的终极表达。我们得到了会喜极而泣，失去了会椎心泣血；离别时不免泪湿襟衫，相逢后难忍相拥而泣；呱呱坠地时我们以眼泪和世界照面，垂垂老矣时我们又用眼泪和世界吻别。也许思念了某人，也许忍受了委屈，也许陷入了迷茫，也许心生了怜悯，也许吼出了誓言，也许为某事愤怒，也许被真情打动……这世间，总有一种力量让我们泪流满面，总有一种情绪曾使我们在深夜里痛哭失声。

平凡生活里的某一天，大街上，有人行色匆匆地奔忙，有人懒懒散散地闲逛，每个人都抱怀自己的希望，每个人都握紧自己的心事，走过的灵魂看不清表情。

在火车站的站台旁，一个女孩送男友登上开往云南的列车，她跺了跺脚，转身去寻那列开往甘肃的火车会停在哪个站台……

在写字楼的格子间里，一个销售员正在被主管训斥，他盯着自己的皮鞋，暗自估量着熨得笔挺的廉价西装里还有多少钞票……

在二环路上的公交车里，一个上班族挂掉了中介打来催缴房租的电话，在人缝中调整着手臂的姿势，把手机塞回包里……

在大城市的角落里，一个拾荒者被寒风叫醒，他呆坐了一会儿，起身数了数蛇皮袋里的易拉罐，决定再把裤带扎得更紧一些……

在钢筋水泥努力生长的工地上，一个农民工抹了抹脸上的白灰，往嘴里塞了一口乱炖饭，觉得有点儿牙碜，索性抿了两下就咽下去了，他忽然想起远在家乡的儿子和老母……

在人山人海梦想沸腾的招聘会上，一个毕业生对着镜子压了压脸上的粉底，咧开嘴露出八颗牙齿，准备投出今天的第十三份简历……

平凡人，被爱逼得多英勇。在那些隐忍的笑容背后，好像有疼痛在低吟。那些微小的痛苦，那些无法面对的苦难，那些看似无解的忧伤，像压在骆驼背上的最后一根稻草，让你蜷缩起身体，蹲下身，用手掩住嘴巴；让你直直地立着，扬起头，瞪大泪水快要决堤的双眼；让你窝在床上，攥紧被角，把脸埋进枕头。那些小心收藏的回忆，那些不愿示人的伤疤，那些假装遗忘的珍贵，都被眼泪狠狠地出卖。

"我好疼啊，该死的生活你为什么要这样对我？"

写出《少年派的奇幻漂流》的扬·马特尔说："无论生活以怎样的方式向你走来，你都必须接受它，尽可能地享受它。"

我们每个人都走在一条满是荆棘的路上，我们跌跌撞撞、满身泥泞、受伤流血、痛哭流涕，我们看见了生活的真相，却依旧奋力前行。因为没有什么可以轻易把人打动，除了内心深沉的爱；也没有什么可以轻易把人打倒，除了放弃的自己。

请你不要迷茫，如果你看不到未来，也许是因为它太过耀眼的缘故；请你不要恐惧，没什么东西比你童年时想象的那个大怪兽更为可怕；请不要为离别伤悲，只需感谢相守的时光，然后走到下一个路口，去等待另一次的久别重逢；请不要为失去而悔恨，你珍视的所有一定会以更好的方式被妥帖安放，而你也将遇见独属于你的机缘；请不要一直隐忍，须知痛哭一夜，醒来必有欢呼，阳光依旧会温暖地落在你的脸上。

有一种力量，正从我们的指尖悄悄袭来，有一种光芒，正在我们的眼底慢慢发亮。我们还有许多许多小小的爱与幸福，一杯温热的白开水、一句轻声的问候、一个激励的眼神、一场美妙的邂逅，它们散发着一点点的光，一点点的热，一点点的温柔，而这些足够我们再走一程路了，走下去，直到有一天，我们老得可以谈谈人生。

　　生活从未干涸，是因为我们曾用泪水浇灌。那些使我们痛，使我们流泪的过往，都将在某一日成为我们独一无二的宝物。正如陀思妥耶夫斯基所说，你唯一要担心的只是，你是否配得上自己所受的苦难。当你回首往事，一定会想对过去那个不够美好的自己说一句：谢谢你，那时没有选择放弃。

目录
CONTENTS

更无柳絮因风起，惟有葵花向日倾。

第一章

年轻时，我曾那么荒唐地爱过你

平淡的日子像复印机一般掠过，再伤人的折磨也钝了。当初流泪流血的心也一日日结了痂，只是那伤痕还在，隐隐的，有时半夜醒来还在那里突突地跳，生生地疼……

ài

[爱]

《天使之城》

　　塞恩说："爱一个人需要理由吗？
可能不。爱一个人需要付出吗？是的，
而且是无怨无悔的。"

爱得不公平

　　他站在胡同东头，她站在胡同西头，就那么借着胡同的一线天光，远远地看了一眼，父母亲同时心动了。一眼订终身。

　　在父亲看来，母亲虽然出身乡下，也没有读过书，但是皮肤白皙眉目清秀，和文学青年的父亲想象中的林黛玉有些相似；在母亲看来，父亲浓眉大眼，身材魁梧，还散发着一股书卷气质，看上去很是忠厚老实。

　　父母的婚姻带有些政治色彩。父亲家的成分是富农，急需一把政治保护伞。而母亲家是三代赤贫的贫农，绝对够正够红，当然这背后隐藏的生活也可想而知，外公之所以心心念着要把母亲嫁到城里来，是因为在外公看来，城里人是不用干多少活儿的，很适合身体"娇弱"的母亲。但他们的婚姻又不仅仅是"政治婚姻"。因了我父亲的不肯将就，我母亲据说已是他相的第七位女子。

　　父亲身上的"富二代"习性和书生气在婚后暴露无遗，肩不能挑手不能提，家务根本不沾手。由于成分问题，又害怕涉及与经济相关的工作，急剧增加的家庭人口，让毫无准备的父亲越来越暴躁。

　　于是，母亲站了出来。打各式各样的小零工，做各种各样的小生意。

　　小时候一家人吃饭的情形至今仍深刻地留在我的记忆里：家里五个女孩子围着一张小桌子，父亲大人一人独占一张大桌，母亲则在旁边负责倒酒，小心翼翼地陪着父亲聊天，我眼中的母亲，就连笑容都带着些卑微。当时不明白为何在外人面前总是开朗乐观地哈哈大笑的母亲，独独在父亲面前笑得如此谨小慎微。直到我读到张爱玲的那句话：喜欢一个人，会卑微到尘埃里，然后开出花来。

有一次，母亲特意买了父亲爱吃的猪头肉，而父亲除了赏给小妹一块，其余的全部落入自己的肚里了，母亲连尝一口都不舍得，似乎看父亲吃肉就是世上最幸福的事情。

可是，这么卑微的幸福却为她招来了一顿毒打。

父亲一直深受出身问题所累，考上了大学都没有资格上。母亲用卖馒头的钱买来的猪头肉也变成了走资派的"罪孽"。被阴影遮蔽的心让父亲深信母亲的行为会给全家带来"杀身之祸"。他摔了酒杯抓起母亲的头发就是一顿暴打。边打边骂："你想害死我吧？想害死我们一家吧？你这个恶毒的女人！"

母亲委屈地分辩着："你已经很长时间没有吃过猪头肉了。每天拉车走这么远的路，就算是头牛也得补充营养啊。"

我不知道父亲是不是因为怀才不遇才把一切怒气发泄到老婆孩子身上，我只知道尽管母亲挨了打，她仍然会背着父亲偷偷去做一些小生意，而赚来的钱，则被她更巧妙地补贴到父亲和我们的身上了。

她说："你爸是多大的孝子啊，那不也因为你奶奶看不起我，就拉了个架子车，和我一起出来了……你爸可是大学生呢，娶了我这个'睁眼瞎'，大字不识几个，委屈他了。这辈子，我就念着他对我的好。"

母亲说这话的那天，是暮春的午后，她几近失明的双眼忽然迸发出了光亮，我以为是阳光跳进了她的眼睛，却发现她是背着阳光说话。

就是因为念着父亲的好，母亲才会在数九寒天的凌晨两三点跳到城外的河里去抓鱼，然后五点不到再把鱼拖到市场去卖。有时候还为了和人抢摊位，打得头破血流。

母亲的爱也算是有血有汗又有泪了。

可是，父亲对母亲的爱呢？

我拼命搜罗记忆中父亲爱母亲的证据，那我不曾发觉，却被母亲坚信存在的——爱。

但首先跃进记忆里的却是那年夏天的晚上。我下晚自习回家，发现父亲和母亲正在打架。父亲骑在母亲身上，双手紧抓着母亲的脖子，母亲几乎翻白眼了。我赶紧上去拉父亲，却被父亲一把甩开，后来，我叫了邻居才把两个人拉开。

我到现在都不知道那天父亲究竟为什么要置母亲于死地，也曾经尝试着问母亲。她竟然问我："哪里有这回事？你做梦的吧？"我确信这场家庭暴力真实地存在于我的少年生活中，因了这场事件，我连着做了一学期的噩梦。想来是她丝毫不记得父亲的坏，只记得他的好罢了。

在我看来，五十岁前的父亲只为母亲做过一件事情：为她洗头、剪发。

似乎情形总是在阳光丰满而不刺眼的午后，母亲的脸上挂着幸福的笑，低眉顺眼地站在院中，父亲拿着剪刀，认真而和气，几乎每剪一下就仔细端详一下母亲，然后用嘴轻轻吹掉碎发，接着，再剪一下……

每次的剪发工程都要持续近一个下午，而母亲一个下午都笑意盈盈地站在那里，一点都不觉得累。

我记得有一次两个人在剪头发时邻居来串门，打趣道："哟，看这两口子恩爱得！啧啧啧……"

母亲的脸忽然就红了，一向在外人面前伶牙俐齿的她竟不知道如何应对了。

倒是平素木讷的父亲表现得落落大方："这会儿在给俺爱人剪头，就不招呼你们了。"

母亲的新发型终于剪好了。

父亲嘴角挂着满意的笑，仔细认真地360度端详母亲，像看一件最完美的艺术品。

或许，母亲用无微不至的关怀、不管不顾的牺牲来表达她对父亲的爱，而父亲却只会用"一生为母亲剪发"作为他的爱情表达式。

在我看来，这不太公平。

然而，在父亲五十岁那年，母亲突然病重住院了。

我和父亲一起回家给母亲做饭，父亲在厨房转来转去，一会说，盐呢，盐在哪？一会又嚷嚷，你妈不能吃味精！一会又莫名其妙跑到外面的椿树下看了半天，回到厨房对我说："看，那棵臭椿树是我们刚搬到这边的时候你妈种的，我不让她种，她偏偏就种，你还别说，都长这么高了。"

我哪里有心思听这些？可父亲不知道为什么，一个劲在我耳边絮叨："我们刚搬出你奶奶家的时候，所有的家当用一个架子车就拉走了。我在前面拉着车，你妈在后面推着。你姐抱着你哥坐在车上，小脸脏得跟花猴子一样……那时候还没有你们……这一转眼的功夫，你们走的走，嫁的嫁，这院子里空落落的。"

我感觉父亲的语气有些不对劲，似乎有呜咽之声。

"你说，你妈要是走了，我可咋办？这么多年，都是她在伺候我。她可没享一天的福，怎么不让我得了病！她要走了，还有谁陪我说话？还有谁听得懂我们一起经历过的事儿……我找谁说话呀……"

我回过头，看到一张涕泪纵横的脸。

噢，我的父亲！我那一向严肃冷硬，注重形象的父亲，你可知道你的一滴泪水足以撼动女儿最虔诚的信仰？我宁愿看你冷酷无情的自私，也不忍看你卸下面具的衰老与沧桑。那一刻，我发现父亲瞬间衰老了，是被他想象中的与母亲的"死别"顷刻催老的。

如果岁月是把飞刀，"痛失挚爱"定是魔刀之刃。

"你妈要是走了，我也不活了……直到现在我才知道，你妈就是我的命！我怎么就没有好好对她呢？我凭什么显得比她年轻？全是她为我操劳操的呀，我……"父亲哽咽着说不出话来。

我想，我一定要坚强，不能流眼泪。于是，我轻轻拍着父亲的后背："爸，情况没有那么悲观。人家说，糖尿病是慢性病，好好养着就行。少干活少生气，自然就不会恶化了。"

父亲有些不好意思，他实在不习惯这样的父女交流。很快，他收住了眼泪："嗯，也许吧。"

"爸，是一定。对了，饭做好了咱们走吧。"

到了医院门口，父亲忽然停住了脚步，有些不好意思地问我："能看出我哭过吗？"

我说："看不出来。"

"那就好。我怕你妈见到我哭还以为自己没救了呢。"

母亲住院三天，父亲的头发白了一大半。我对父亲说："爸，小时候你给我讲伍子胥过关一夜白头，我还不相信，现在，我相信了。"

父亲说："算是不赖，你妈的病没我想象中的坏。呵呵。"

母亲出院后，父亲很是娇宠了她一段时间。宠得母亲吃饭格外挑剔，只吃父亲一个人做的饭，直到有一天，父亲累得生了病。

母亲再也不挑剔了，嫂子做什么她就吃什么。

去年回家，父亲在客厅看电视，母亲在卧室听收音机。母亲向我抱怨说："你爹现在一点也不关心我，只知道看电视。"

父亲也偷偷给我说："你妈现在又开始矫情了。不过，由她闹腾去，闹腾够了自然就老实了。"

嫂子笑眯眯地对我说："你都不知道咱爸咱妈，跟小孩子似的。到一块就吵嘴，吵得可有意思了。"

我说："举个例子听听。"

"就说今天早上吧。咱爸给咱妈端饭，咱妈嫌饭热，说咱爸想烫死她。咱妈的眼不是看不见了么？咱爸就说，我哪像你黄瞎子啊，'瞎'狠'瞎'狠的。"

我笑着问道："那咱妈怎么说？"

嫂子笑了半天，说："咱妈骂得更有意思啊，咱妈说：'我再瞎狠瞎狠，也比某些嘴歪眼斜心不正的人心正！'"

是了，那段时间父亲中风，形象刚好可以用"嘴歪眼斜"来形容。

　　我知道，他们又发明了一种除了剪发之外的爱的表达式——吵嘴。

　　我看着他们，仿佛回到了那个我不曾目睹的当年。

　　他站在胡同东头，她站在胡同西头。

　　媒人说："喏，就是他（她）。"

　　于是，远远相望，虽然眼里彼此的面目模模糊糊，但心跳带来的震颤感却是如此清晰。

　　于是，执子之手，不曾放弃，不说别离，只肯记得他的好。爱情，从不论公平不公平。

xìng

[幸]

That I exist is a perpetual surprise which is life.

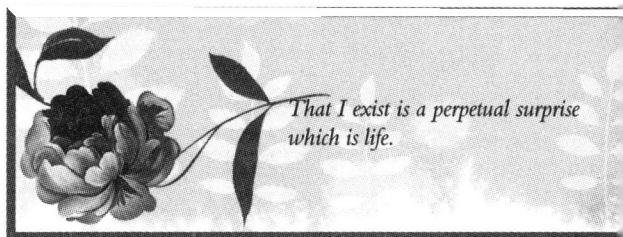

　　舒仪说："年少时，以为爱能超越一切。那时不明白，世上另有一种力量，叫做命运。"

卡桑德拉的预言

为什么这么相爱的两个人还不能厮守一辈子？她不明白，他也不明白。

最筋疲力尽的时候，他突然宣布了自己的婚讯，对方是他的初中同学，没怎么读过书，然而清秀温婉。他说他的心已经死了，化为尘土归为石，他愿意凿成千片万片筑巢，任何一个女人都可以在巢里坐镇，贤妻良母更好。

她挣扎着问："你爱她吗？"

他咬牙切齿："爱情？狗屁。"

她哗哗泪下："你不会幸福的。"

他倒笑了，那笑容里全是对自己的嘲笑："是吗？不如你等着瞧瞧。"

她此后一直单身。身陷时间的斗兽场，一寸寸被逼向墙边，她有时也会心灰意懒，想随便嫁谁也好，爱情是狗屁。一念至此，她顿时有一种寻死的绝望。她仍然不相信，人可以活在感情的真空里，像一粒放在太空的种子，没有空气、阳光、水和食物，而继续开花。有好几年，她的QQ签名都是："爱情与钱，都在来我家的路上。"她愿意像那棵傻大树，站在原地等着兔子，一直等，等着瞧瞧。

她结婚结得很晚，感情、性、临睡前无止无休的闲谈，日子像一方薄田，挥三锄停两锄，慢慢也长出一片蒲公英。蜜月里，她偶然说起他，说起待结的发，说起不得已、爱别离，仍然说出一片泪光。温柔的夫君不出声，只是用尽全副力气搂她入怀，她潜然泪下，知道自己等着了。

再遇到他，是很自然的事。大学同学聚会，最后似有意又无意撇下他们俩。都是成年人了，何必去谈那些缠缠绵绵的话，她遂兴致勃勃给他看儿子的照片，也看他女儿的，表示要结儿女亲家："哪一天，带我儿媳妇来一起吃个饭。"

"归她妈了，等我探视的时候吧。"她怔了一下，才彻底明白他在说什么。

"发生了什么？"她明知不该问，但管不住自己的嘴。

他苦笑："过不下去了……整天没话说。白天上班，吃饭时也没什么话，做爱时也没什么话，本来也做得很少。后来她怀孕，从那时起就是无性婚姻……"他嘴边，多了一道细长的纹，是岁月的刀劈斧凿。"我曾经以为爱情不怎么重要，我忘了我是人，有人的情欲，我真的不是猪，吃吃睡睡就可以过一生。"沉默良久，他忽然说："我还记得你说过，说我不会幸福。"

"我不是这个意思。"她惊呼。

这是诅咒吗？不，这只是卡桑德拉的预言。卡桑德拉是希腊神话里蒙受诅咒的女子，有预言的能力，却不能改变未来发生的事，她只能眼睁睁看着死亡、杀戮、痛苦一件件发生。而最凄凉的是，无论她怎么呼喊得声嘶力竭，却没有人相信她的预言，从来都没有。

她坐在麦当劳的塑料座椅上，觉得自己就是卡桑德拉，在血洗过后的白色石头上孤独地坐着。扯了扯滑落的黑披肩，奇怪，有一点湿，原来是她脸上的泪。

如果有机会，她宁愿自己曾经高贵大度地说："我祝你幸福。"但卡桑德拉，永远只说真实的预言。

yì

[忆]

That I exist is a perpetual surprise
which is life.

《八月照相馆》

余永元说："我知道爱情会褪色，就像老照片。而你却会在我的心中永远美丽，直到我生命的最后一刻。"

对不起，我爱你

餐桌两边，坐了一男一女。

"我喜欢你。"女人一边摆弄着手里的酒杯，一边淡淡地说着。

"我有老婆。"男人摸着自己手上的戒指。

"我不在乎，我只想知道，你的感觉。你，喜欢我吗？"

意料之中的答案。男人抬起头，打量着对面的女人。

男人三十五岁，年轻有为，有朝气，相当不错的年纪。

对面的女人皮肤白皙，身体充满了活力，有一双明亮的、会说话的眼睛。

真是不错的女人啊，可惜。

"如果你也喜欢我，我不介意做你的情人。"女人终于等不下去，追加了一句。

"我爱我妻子。"男人坚定地回答。

"你爱她？爱她什么？现在的她，应该已经年老色衰、见不得人了吧。否则，公司的晚宴，怎么从来不见你带她来……"

女人还想继续，可接触到男人冷冷的目光后，打消了念头。

"你喜欢我什么？"男人开口了。

"成熟，稳重，动作举止很有男人味，懂得关心人，很多很多，多得像天上的星星数不清。反正，和我之前见过的人不同。你很特别。"

"你知道五年前的我，什么样子？"男人点了支烟。

"不知道。我不在乎，即使你坐过牢。"女人的眼里满是痴狂。

"五年前，我就是你现在眼里的那些普通男人。"男人没理会女人，继续说，"三十岁了，还一事无成。学历拿不出手，工作不顺心，整天喝酒，发脾气。对女孩子爱理不理，靠酒精来发泄自己的不得志。还因为去夜总会找小姐，被警察抓过。"

"那怎么……"女人有了兴趣，想知道是什么让男人转变的，"因为她？"

"嗯。"

"她那个人，好像总是很容易就能看到事情的内在，教会了我很多东西，让我别太计较得失，别太在乎眼前的事，让我尽量待人和善。那时的我在她面前，就像少不更事的孩子。

"也许那感觉，就和现在你对我的感觉差不多。那时真的很奇怪，倔脾气的我，只是听她的话。按照她说的，接受现实，知道自己没用，就努力工作。那年年底，工作上，稍微有了起色，我们结婚了。"

男人弹了弹烟灰，继续说着。

"那时，真是苦日子。两个人，一张床，家里的家具，也少得可怜。知道吗？结婚一年，我才给她买了第一颗钻戒，存了大半年的钱呢。当然，是背着她存的。若她知道了，是肯定不让的。

"那阵子，我被烟酒弄得身体不好。大冬天的，她每天晚上睡前还要给我熬汤喝。那味道，也只有她做得出。"

男人沉醉于回忆里，忘记了时间，只是不停地讲述着往事。

而女人，也丝毫没有打扰的意思，就静静地听着。

等男人注意到时间，已经是晚上十点了。

"啊，对不起，没注意时间，已经这么晚了。"男人歉意地笑了笑，"现在，你可以理解？我不可能，也不会，做对不起她的事。"

"啊，知道了。输给这样子的人，心服口服！"女人无奈地摇了摇头。

"不过我到了她的年纪，会更棒的。"

"嗯。那就可以找到更好的男人，不是吗？很晚了，家里的汤要冷了，我送你回去。"男人站起身，想送女人。

"不了，我自己回去就可以了。"女人摆了摆手，"回去吧，别让她等急了。"

男人会心地笑了笑，转身要走。

"她漂亮吗？"

"……嗯，很美，像天使。"

男人的身影消失在夜色中，留下女人，对着蜡烛发呆。

男人回到家，推开门，径直走到卧室，打开了台灯。

沿着床边，坐了下来。

"老婆，已经第五个了。干吗让我变得这么好，好多人喜欢我呀。搞不好，我会变心呀。干吗把我变成这么好，自己却先走了？我，我一个人，好孤单呀。"

男人哽咽地说着，终于泣不成声。

眼泪，一滴滴地从男人的脸颊流下，打在手心里的相框上。昏暗的灯光中，旧照片里，弥漫着的，是已逝女子淡淡的温柔。

shǒu

[守]

《霸王别姬》

程蝶衣说："不行！说的是一辈子！差一年，一个月，一天，一个时辰，都不算一辈子！"

说好了，要相爱一辈子

那年，她和他正是最美丽的季节，都是刚考上大学。他是从偏远农村出来的孩子，她也是如此。米兰·昆德拉在《无知》里写道："年轻的时候，时间只有现在和不断被现在吞噬的未来；年纪大了，时间只剩过去和不断被过去侵蚀的现在。"

他们刚来到繁华的大都市，满眼都是惊奇，甚至看到摩天大楼都会晕眩。听到城市里长大的同学流利地说着英语，他们会有一丝自卑。听到同学说"热狗"，他们还真的以为是一只狗。当他们被人嘲笑是乡下人时，他们总是相互安慰。就这样，两颗心渐渐地靠近了。

和所有的小恋人一样，他们一起去打饭，一起去逛公园，都花费不多。大多时候，她和他都泡在图书馆里，写写小纸条。物质生活虽然贫乏，爱情世界里的光芒却是一样的绚丽多姿，色彩斑斓。他和她，就那样轰轰烈烈地相爱了。

因为都穷，所以和别的恋人比起来，少了花前月下，少了咖啡红酒。他极少给她买东西，有一次她看上了一副红手套，样式挺好看的，要十块钱，他摸了摸兜里，只有七块，于是只好尴尬地笑了笑。后来，她买毛线织了两副，都是红手套，一人一副。她说："才用了五块钱的线，值吧？"他把她搂在怀里，发誓要对她好一辈子。

大三时，他们出去打工，辅导几个小孩子的数理化，情况也因此好了一些。他有了余钱，就用自己两个月的薪水为她买了一条项链。他知道那是她偷偷喜欢了许久的东西，她不说，但他懂那个眼神。他期待着她生日的到来，忍不住在脑海中幻想起细细的银项链挂在她的脖颈上，熠熠生辉的样子。

终于到了那一天，她却说："我也有一件礼物送给你。"

她送给他的，是她的处女之身。

那天，在一个简陋的地下小旅馆里，她和他，那样的缠绵，那样的动情。他说："我会一辈子对你好的，不论谁将来有多大能耐，一辈子，我们不分离，好不好？"

她把自己的身体蜷进他的怀里，泪流满面。她相信这个男人会对她好的。

两个月之后，她恶心呕吐，身体出现了强烈的反应。她怀孕了。

这是件非常可怕的事情，她来找他商量，怎么办？

"做掉吧，"他说，"我们还是学生，校方知道会开除我们的，我们就快毕业了，没必要冒这个风险。"

"不，"她执拗地说，"我想要这个孩子，因为这是我和你的孩子，因为我爱他，我一定要他。"

一个月后，她办了因病休学的手续，然后带着肚子里的孩子回到家乡。他几乎每天写信问她的情况，到他大学毕业时，孩子出生了，是一个男孩。

她没有再回来上学，一个人带着孩子，给一家小公司打工，挣的钱刚刚能维持家用。她在等待他毕业，然后一起过幸福生活。

可他没有回来，而选择了留在大城市广州。他说："南方机会多，等有了钱，我会接你和孩子出来的。"

这个诺言，他后来终究没有实现。

实际的情况是，他只回家看过她一次，忽然发现她变得那样难看，碎乱的头发，又黄又瘦的脸，穿的衣服也极其邋遢，上面还有奶渍，一个典型的农村妇女。小孩子不停地哭闹着。和衣冠楚楚、风度翩翩的他相比，她就是一个还没有走出大山的女人。他一阵阵地害怕：她怎么变成这样了呢？我要和这样的人生活一辈子吗？

她还是那样依赖他，问他在广州怎么样。他说："混得不好，你再等等。"他是撒了谎的，那时，他已经是公司的部门经理了，月薪可以拿到将近一万，而她只有可怜的几百块钱。分别时她把一个纸包塞到他手里，说："你在广州开销大，拿着吧。"他的眼泪就要下来了，知道自己辜负了这个可怜的女人。上了火车，他打开那纸包，那是散乱的一千块钱，不知她是如何拼凑出来的。

而他却欺骗了她，他决定，用钱来还这笔账。

回广州后不久，他给她寄去了两万块钱，算是对她的一点补偿。他还写了一封信，不过信里只说："我太忙了，可能现在结不了婚。"那时，他还不好意思直接说分手。

而她不久就把两万块钱退了回来。她说："真对不起，我没有等你，我结婚了，说好是一辈子的，可我结婚了。"

他哭了，她是多么懂事的女人啊！为了他，她才结的婚啊！这也是为了让她自己死心啊！她把自由还给了他，把爱情也还给了他。说实在的，他没有勇气回家乡看她一眼。他想，从此以后，各奔前程吧，也许她现在的老公会比自己更适合她呢。

那时，他身边正有美丽时尚的女子在追求他，因为她的离去，他可以重新开始自己的爱情了，何况，这个女孩子家境颇好，又是广州本地人，对他来说是极有帮助的。

不久，他和那个女孩子远渡重洋出国留学，在美国开了家属于自己的公司。他有了太多的钱，也有了别墅和私家车。他和她当年梦想的一切都有了，可她却什么也没有了。为了爱情的那粒种子，她选择了放弃，但放弃的结果却是男人嫌她是块过时的布料，根本不想做成衣服来穿了。

他知道自己是个坏男人，太坏了，所以，他选择了回国，决心在她的家乡投资一家公司，他准备帮帮她。

　　而她这时已是家乡一个中学的老师了，年近不惑，有了花白的头发，微微发胖的身材，浮肿的眼睛因为过度劳累显得极其无神。见面的一刹那，他惊呆了。他没想到她变化这么大，从前那么年轻，现在却老成了这个样子。而他更英俊更挺拔了，好像二十多岁的样子，那样迷人那样有风度，开着宝马车，穿着几千块钱一套的西服。

　　他们愣了很久，这就是岁月啊！十几年过去了，她年已老色已衰，而他仍风华正茂意气风发。岁月给她增加的是沧桑，给他增加的却是无穷的魅力。

　　他见到了他们的儿子，一个十七岁的小伙子，如他的翻版，学习非常好，已经保送到北京上大学。他想说谢谢她，却觉得语言那样单薄；他想说对不起，却觉得自己连这个资格都没有。

　　在她简陋的办公室待了许久，他才敢问一句："你爱人是做什么工作的？"

　　她笑了笑，嘴角的皱纹动了一下，平静地说："我，一直都没有结婚。"

　　刹那间，他从椅子上猛地站起来，眼泪猝不及防地掉下来，内心的洪水就像决了堤一样，如天地间有什么东西炸裂开来。她一直等在原地，一直这样痴情地守着他们爱情的苦果，一个人尝。

　　"你傻呀？"他骂，"你傻死了啊你！"

　　她眼睛中满是泪光，身体有些发抖："你说过的，要相爱一辈子的，我守着儿子，就觉得它是真的。"

　　他蒙住自己的脸，然后缓缓地跪下。这一跪，是他心甘情愿的。在爱情上，他不如这个女人，他不懂什么叫一诺千金。

　　而他已不可能离婚，他的娇妻爱女，他的事业家庭，他所有的一切，他的生活里没有她的位置了，可他知道，她是他心底的一粒珍珠，价值连城。

　　偶然间，他发现她颈间的项链——那条银项链已经褪去了昔日的光华，旧旧的，有些发黑了，是当年他买给她的，如他和她的爱情，已经是花自飘零水自流。

　　他问她有什么要求，因为钱已无法弥补这一切，何况，她看重的一定不是钱——连当年那两万块钱她都退给了他。

她笑了："假如你想帮助我，就捐建个希望中学吧，看我们这环境多落后，孩子们都没个好地方上学。"

那是他唯一能做的事情，还与她无关。她眼神里是风过千山的宁静，一切都已经尘埃落定。她说："那是我一个人的爱情与忠贞，与你无关的。"她纯净的眼神一如当年，和说那句相爱一辈子时一样动人。

bàn
[伴]

That I exist is a perpetual surprise
which is life.

《天使爱美丽》

　　艾米莉说："如果没有你，我的良辰
美景将向何人诉说！"

如果没有你

他们是经别人介绍认识的。

那时候，所有的知青都返城了，唯独他没什么门路，留在了北大荒。年龄也大了，于是有一个热心的大姐介绍了当地的女人给他，没见几面就把婚姻大事给定下来了。

他是典型的知识分子，心思缜密，而且写诗填词非常风雅。而她是不识几个字的农家女子，缺少了几分女性的温柔与灵动，比男人还要男人，大着嗓门和他嚷。他以为所有女人全是温柔似水的，却不知道，还有这样粗犷的女子。

于是吵，三天一小吵，五天一大吵。月月如此，年年如此。

结婚多少年，他们就吵了多少年。

到后来，孩子们都习惯了他们的争吵。他们如果不吵，好像家里就少了点什么。

到后来，他提出了离婚，她坚决反对，理由是：一、她没有胡搞；二、她全心全意为了这个家，凭什么离婚？打死也不离！

婚离不成，日子还是要继续。

他选择了分居，离家出走。

因为不喜欢和她在一起，所以，在四十五岁办了病退之后，他总是离家出走，到全国各地旅行。只要看不到她就行，看到她心里就犯堵，他宁可一个人行走江湖。最长的时间，他有两年漂泊在外。

他是在火车上犯的病，心脏病突发，医生从他口袋里找出唯一的电话号码，是家里的电话。

那时，正是半夜，接了电话，她哇哇哭着，叫着"冤家"，跟着儿子就去了。她血压也高，可非要去。儿子说："你这不是去添乱吗？"她说："添乱也要去！"

到了外地的医院，她扑过去，几乎倒在他身上。

他已经昏迷，她却拉着他的手说："老头子，从今以后，我再不让你生气了，我不嚷了，你回家吧，你不能有个三长两短啊。"

他的心脏坏了。她一听，吓呆了。

得换心脏。医院联系了一颗年轻的心脏，可做手术得要二十多万，她哪儿来的钱？孩子还在上大学，自己的工资只有这么多，她做了一个让人意想不到的决定：卖房子！

几十年的老房子，就这样卖掉了。

而他根本不知道她卖了房子。在医院里躺着，看她进进出出地忙碌。一夜之间，她的头发一下子全白了。

他叹着气说："你这是何苦呢？"

她说："我得救你，你不能死。"

临做手术前，她把他的手腕上脚腕上全拴上了红绳。她说："让老天爷保佑你，我相信你能过这一关。"

做手术的时候，她跪在了手术室外面。大夫说："你这么迷信吗？"她说："我只为他才迷信。"

当他知道这一切时，掉泪了。

他没有想到她对他这样好，而他这二十多年来对她却是冷漠的、绝情的，认为她配不上他，她没有多少文化，她太男性化，她不懂风花雪月……到最后，怜他爱他的人却只有她。

她白了头发，显得更难看了，脸上有很深的皱纹，他却不嫌了。手术之后，他的脚总是凉的。于是，她每天给他按摩脚，每次三个小时，直到脚心全热乎起来。他问："臭吗？"

她答："我不嫌弃你。"

她就抱着他的臭脚丫子，天天按摩。

不久之后，他终于出院了，换了年轻人的心脏，比从前更健康了。她卖了的房子，他又买了回来。

从前一直想离婚，他给自己留了个心眼，攒下了不少私房钱，现在，他全拿了出来，然后问："你怪我吗？"

"不怪。"她说，"我不怪你的，是我不够好。"

让他想不到的是，这次，她居然提出了离婚。

她说："二十多年了，你不是一直想和我离婚吗，而我一直死拉活拽不离，现在看你又活了一次，在生死边缘上打了一个转儿，我想通了。人来一世不容易，我得成全你，咱离婚吧，你再去找个好的，我配不上你。"

当她说完这话时，他一下子抱住她："老婆，哪里还有比你更配我的？这次大病让我知道，你的左手抓的是亲情，右手抓的是爱情，我两个都跑不了了；也让我明白了，什么是真正的爱情，大难来临时，那个站在你身边的女人，一定是最爱你的。"

他说："别说离婚，以后，我不许你离开我半步。"

从那以后，他天天缠着她跟她去散步，两个人在夕阳下，说着话，散着步，买菜回来，他学会了擀皮，包饺子时做她的助手。她学会了煲汤，只因为他喜欢喝。

他对朋友和亲人说："从前总在寻找爱情，以为自己找到的不是爱情，其实，爱情也许就在身边。只要用心发现，总会有爱情。"

从此，他对她说，我们是两棵树，紧紧依偎着，根纠缠在地下，叶相握在云里。她仍然听不懂他说什么，可是，她知道，他擀的饺子皮是最好的，因为，里面有了爱情的味道。

yá

[涯]

仓央嘉措说："一个人需要隐藏多少秘密，才能巧妙地度过一生？这佛光闪闪的高原，三步两步便是天堂，却仍有那么多人，因心事过重，而走不动。"

爱是恒久忍耐

爱情和情歌一样，最高境界是余音袅袅。最凄美的不是报仇雪恨，而是遗憾。最好的爱情，必然有遗憾。那遗憾化作余音袅袅，长留心上。最凄美的爱，不必呼天抢地，只是相顾无言。

薛晨至今依然清楚地记得，他是怎样遇见那个泼辣的姑娘。他刚陪女朋友购物出来，满手大包小包，走到公交车站，下意识掏出烟来抽。一眼就看到她，个子很高，靠在站牌的栏杆上，背着一个很大的书包。人很苗条，裹着大衣，帽子下面的耳塞在路灯下一闪一闪的。

她发觉有人在盯着她看，于是扫了一眼他身后的女朋友，然后对他微笑。她走过来的时候，薛晨的心跳速度突然加快，那时候紧张得要命。走到他面前，她笑，嘴巴笑起来很大，一个深酒窝。她说，借个火。

薛晨连忙掏出打火机，她接过，利索地点着手中的烟，优雅地吐了烟圈。她还他打火机，说谢了。然后转身走到刚才站的地方，冲他挤眉弄眼。女朋友在身后拉他，薛晨才收回迷恋的目光，深深地吸了一口气，脸微微有些发烫。

薛晨在学校一直是那种受欢迎的大男生，瘦高，却健壮。每日必去的两个地方：一个是篮球场，一个是健身房。大学四年，换了两个女朋友。一个可爱，一个漂亮，她们都很小鸟依人。假如他没有邂逅那个女孩，薛晨想，是不是，他就这样过了一生。

一

每年到元旦晚会的时候，金融学院总是最发愁的。本来女生就不多，而且性格又偏于呆板。薛晨更是一筹莫展，身为学生会主席，竟然拿不出像样的元旦节目来。全体学生会干部开紧急会议的时候，每个人都在为自己找借口推托。正说着，学院院长拉门进来，甩给薛晨一个电话号码。说："给你们个救星，好好把握吧。"

薛晨打电话过去的时候，对方似乎还没睡醒，声音慵懒，语气却很凶悍，说："谁啊，大早晨的打什么电话，还让人睡不睡了？"为了荣誉，薛晨清清嗓子说："小姐，是这样的，我们老师说让我打电话给你，说拜托你帮忙编排一个节目。"

电话那头不屑地扑哧一声说："你们学院有多少女生，全都带去那个多功能舞蹈厅吧，半个小时之后见。"

薛晨急忙带着大部队赶到舞蹈厅，一阵铃铛响吸引了所有人的目光，鸭舌帽，耳机，棉大衣，大背包。薛晨的心已经开始狂跳，甚至有些狂喜。竟是她。

她完全不像刚刚睡醒的样子，精力充沛得要洋溢出来。黑色波浪长发及腰，非常漂亮。指挥大家站好队之后，鞠了一躬说："你们好，我叫王美琳，是你们的学姐，艺术学院舞蹈系的。这几天由我来给你们编排汇演的舞蹈。"

她对薛晨做了一个OK的手势，意思是他可以走了。可薛晨哪里舍得走，一直站在那里看她，眼神专注，比任何时候都要专注。他心里一直在欢呼雀跃着，感觉有一种失而复得的惊喜。

最后一次排舞的时候，薛晨正在犹豫着一会怎样约她。她已经收拾好包，转头对薛晨说："你不走吗？现在要锁门了。"薛晨忙上前去，问她："可以请你一起吃顿饭吗？"她打量薛晨一番，说："好啊。"

薛晨忙上前给她开门，问她："你想吃什么？去吃西餐还是料理，或者是去吃印度咖喱。"她看着薛晨，眼睛先笑起来，说："薛晨，看不出来你还是个会讨女孩子欢心的绅士啊，怪不得那么受小女孩的欢迎。"

薛晨第一次觉得自己的名字这样好听，从她的口中叫出来。声音干脆利落，不比小女生的嗲，听起来却又觉得很舒服。她背着大包，用手拢着长发，飘来洗发水的味道，很香。然后说："我们去吃火锅吧，我好饿。"

她坐在薛晨的对面，火锅热气腾腾。她扎起马尾辫，一副高中生的样子，薛晨也是第一次看见这样能吃而不做作的女孩。

很久之后薛晨才回想起：自己为什么会这么迷恋王美琳。想到最后也想不明白，直到她丢失很久以后，他猛然想起，并不是因为得不到，而是因为她太特别了。

二

那年的元旦晚会特别成功。女生们穿着王美琳帮忙借来的踢踏舞的服装，还没开始跳，台下就热闹起来了。薛晨坐在学院院长的旁边，院长脸上的皱纹都笑开了，跟薛晨说："看来钱没白花啊。"

不知怎么了，薛晨听了就像咽下一只苍蝇一样反感。王美琳给他的感觉是清丽脱俗的，他以为她热情热络，原来仅仅是为了钱。

晚会后的聚餐，薛晨喝了不少酒，喝着喝着，他突然想找她问个究竟。薛晨跑到她们宿舍楼下等，这一等就是一两个小时。

直到宿舍快关门时，才见她回来。薛晨问她："美琳，你排舞是收钱的，对吗？"反而是她愣了一下，说："嗯？你不知道吗？"美琳又笑："我还以为你知道呢！因为是你所在的学院，所以给你打了对折啊！"倒是薛晨愣住了，他说："原来你一直都知道我。"

她说："是啊，多才多艺的学生会主席嘛。我在文艺展上看见过你的设计，觉得很漂亮。"薛晨又问："那天问我借火的时候你也知道是我？"她笑着说："是啊，你的目光太热烈了。"

后来，薛晨经常打电话到她的宿舍去，她经常不在。薛晨是真的意识到她很忙，每天要到五个健身会所去教舞蹈。他终于明白为什么她总是饭量那么大，每天那样折腾，换了是他，他都坚持不了，何况是个女孩。

薛晨问她："美琳，你很缺钱吗？我能不能帮上你。"她说："薛晨，我缺的不是钱，而是安全感。只有很多的钱，才会给我带来安全。"

为了有更多的时间陪她，她有课的地方薛晨都报了名。下课的时候王美琳走在薛晨的身边，嬉笑打闹。她还是背着大书包，薛晨几次想要帮她背，她都不愿意。她说："薛晨，你可知道里面装的是什么？"薛晨取笑她："不就是女生零七碎八的东西。"她却神情严肃地告诉他："大错特错，这里背的，是我的梦想与生活。虽然沉，但也不会压弯我的腰。生活，总是要自己过，才来得真切。薛晨，我要告诉你，靠自己双手挣来的生活最快乐。"

这时的王美琳，少有的严肃和认真。从那时候起，薛晨就预感总有一天，她会背着大书包远离他。结果，确实如此。

为了王美琳，薛晨还是背着她跟女朋友说了分手，他不想再欺骗自己的内心。她有些歇斯底里。她说："别以为我不知道，你不就是喜欢上那个王美琳了嘛！有什么了不起。我告诉你，多少男生都追不上的女生，你别以为你可以。王美琳有男朋友，她一直供他在国外学习。你不知道吧！人家可比你优秀多了。你趁早死了这条心吧。"

薛晨虽然已经走出很远，可是心还是震了一震，原来自以为了解王美琳的他，原以为接近了王美琳的他，却是最一无所知的。

哥们儿以为薛晨因为失恋而伤心，纷纷来安慰他。薛晨问："哎，你们认识艺术学院的王美琳吗？"他们说："当然认识啊，很正点的美女。不过真是搞不懂，她一个女孩那么拼命赚钱干吗。她也不像乱花钱的女人，低调得很。听说很多有钱人追她，她都不愿意。有人说她男朋友在国外念书，好像是她供着的。两个人可能是青梅竹马长大的，郎才女貌，真叫般配。后来很多男生都死心了。"

薛晨的心确实很痛。不是因为她有男朋友，而是，她为了他那么拼命，毫无怨言，是真的是很爱吧。

三

2009年初夏，王美琳依旧背着大书包到处奔波。忙着毕业论文，也忙着挣钱。薛晨很少有时间见她，只是偶尔一起吃个晚饭。

有一天，她背着大书包，站在男生宿舍楼下喊，薛晨薛晨。薛晨慌忙下了楼。她说："薛晨，你今天不许有事，陪我玩一天好不好？"

王美琳带了很多好吃的，跟薛晨说："小时候，特别想去游乐园，像郊游一样，带着大包小包吃的，疯狂地玩上一天，那一定是最快乐的事了。"她一路都很兴奋，不停地说。

风在耳边呼啸而过，她叫得比谁都大声、开心，薛晨侧过头看她娇媚的模样。这是薛晨第一次牵她的手，如此柔若无骨。那一刻薛晨想：就算过山车此时失灵，就这样死了，他也是愿意的。

晚上薛晨带她去吃火锅，他把手中的鲜花和蛋糕递给她，她狐疑地看着他说："薛晨，你会变魔术吗？你从哪里搞来的？"薛晨一副恭敬的样子说："今天是女王殿下的生日，我又怎敢不记得啊。"

熄灯点蜡烛的时候，王美琳的眼眶已经湿润了，说："谢谢你，薛晨。这是我正儿八经过的第一个生日，今年，我二十二岁。"她微笑着，眼睛里却闪烁着泪花。薛晨给她拍了一张照片，他唯一的一张纪念。

看完电影很晚了。薛晨说："我们回不去宿舍了，我送你回家吧。"她扬起头发，笑着对他说："薛晨，我没有家。十八岁前，我住在孤儿院；十八岁后，我住在大学宿舍。"

她跟薛晨讲她的故事。"我小的时候并没有名字，我只知道我姓王。我和其他被抛弃的孩子并不一样，我身体健康，没有任何残疾。也许正因为这样，所以我受排斥。与我一样的，还有一个男孩，他叫赵康龄。"

他们俩一直在一起玩，他比美琳大一岁，比她成熟，什么事都是他保护着她，直到他六岁那年吧，他被领养了。

他被管得很严，有的时候他偷偷跑出来，塞给美琳饼干、零食。有一次，他说："隔壁家的小女孩有一个跟你一样漂亮的娃娃，那个娃娃叫美琳。你以后就叫美琳，好吗？"美琳点了点头。那年，他九岁，她八岁。

他什么都是最优秀的。他经常来找美琳，给她补习功课。他对美琳说：

"学习是我们唯一的出路，只有它可以改变我们的命运。你要努力，总有一天，我会带你一起走。"高考的时候他替美琳报了名，美琳又考了喜欢的舞蹈系，专业课竟然通过了。

赵康龄非常争气，考上了重点大学重点专业。他经常告诉她："美琳，我们新的开始，会走得更好。"赵康龄大三的时候，成绩优异，被推荐出国。他来跟美琳商量，有些愁眉不展。他说："养父母不同意，说我走出去就回不来了，白养了十几年。"美琳说："康龄，你去，我有钱。"

美琳努力地挣钱，一是帮他，二是让自己不那么寂寞。

王美琳讲完这些的时候，脚下已经堆满了空空的啤酒瓶。她指着星星说："薛晨，你看，多闪亮。"薛晨说："是，美琳，就像你一样。"她不好意思地对薛晨一笑。"我第一次见你害羞的样子。月光下，很动人。"

笑着笑着，她就掉下泪来。她说："薛晨，他竟然忘记了我的生日。他今天打越洋电话来，我以为他要说，美琳生日快乐。结果，他跟我说，美琳，这些年你供我读书的钱，现在我已经打还到你的卡里了。我在这边马上要结婚了，过几年就可以拿到绿卡，我不准备回去了。你好好地生活，把我忘记了吧。走好人生的每一步，我们的人生跟别人不一样，我们再也错不起了。"

她说："薛晨，原来钱也不能使人快乐。我现在虽然有很多的钱，可是，我却一点也快乐不起来。"

薛晨走过去拥抱着她。他第一次觉得，她是这样的瘦，这样的柔弱，需要他去好好地呵护。她的眼泪，都掉落在他的心里，开成花朵，长成树木，落地生根。

送她到宿舍门口，她依旧对薛晨笑，给他一个拥抱，然后亲了亲他的脸颊，说："谢谢你，薛晨。谢谢你。"说完，她就走了。之后薛晨再也没见过她，再也没有。

四

当薛晨意识到她离开，再去找她的时候，一切都已经来不及了。薛晨打电话到她的宿舍，舍友说桌子上有本她留下的书，你要的话过来拿。是一本《圣经》，翻得已经起了毛边。封面上一笔一画地写着：王美琳，祝你的人生更加美好。下面写着：赵康龄赠，1999年。

　　书中的一句话被她画了又画：爱是恒久忍耐，又有恩慈；爱是不嫉妒，爱是不自夸，不张狂，不做害羞的事，不求自己的益处，不轻易发怒，不计算人的恶，不喜欢不义，只喜欢真理；凡事包容，凡事相信，凡事盼望，凡事忍耐；爱是永不止息。

XĪ

[惜]

That I exist is a perpetual surprise which is life.

《爱玛》

　　爱玛说："有一种男人，宁可忍耐野火把心烧焦，也不会让火星溅到情人的发梢。有一种男人，心里藏着一个重洋，流出来，却只有两颗泪珠！世界上总有一半人不理解另一半人的快乐。"

脚知道爱情

　　在和他结婚之前，她曾经有过一个男友。男友的各方面条件都很出色，是她心目中勾画了千万遍白马王子的形象。爱情曾经让她如沐春风，使她一度以为，自己的感情生活注定要圆满幸福。

　　但王子爱上了别的姑娘，骑着白马远去，飞舞的马鞭在她身上留下万缕伤痕，最终毁灭了她对爱情的所有幻想。所以，当他一手伸来橄榄枝，一手把温暖从肩膀传递到她心里的时候，她一下子扑倒在他的怀里，哭得一塌糊涂。

　　她赌气似地嫁给了他，带着一种报复甚至是自虐的心理。她长得清纯娟秀，身材高挑，看起来几乎比他还高；而他相貌平平，身材瘦削，几乎一阵风就能把他刮倒，没有一点男人的豪情气概。

　　婚后不久，她就为自己当初的草率之举而后悔不已。他自然就成了出气筒。他很有自知之明，所有的家务活都抢着做，除了不会生孩子，其他的活几乎都不让她插手。在家中，她是那么高傲，颐指气使，像个女王；而他是那么自卑，唯唯诺诺，像一个仆人，一切都看她脸色行事。他的所有付出在她看来似乎都理所当然。

　　她越发瞧不起他，一看见他就气不打一处来。他赔着笑脸让着她，她没轻没重地打着他，打着打着自己倒先哭了……

　　她白天从不和他一起上街，怕没面子。傍晚时分，他会小心翼翼地提出陪她上外面走走，散散心。心情好的时候，她会答应他，哪里人少，哪里路黑往哪里走。晚风吹起来有时候很冷，看到她缩着肩膀，他会主动用手揽住她，她马上触电般快走一步，让立功心切的那只手臂尴尬地悬在半空……

　　除了上班，她很少出去。所有的衣服和鞋子几乎都是他给买的。令她惊奇的，他买回来的衣服和鞋子都很合适，不同牌子的衣服和鞋子即使型号相同，大小也是略有差异的，他竟能做到分毫不差，可见他真是一个细心的男人。站在镜子前孤芳自赏的她想到这时，一种暖暖的感觉刹那间传遍了全身。

　　她迷恋上了网络，缘由是通过QQ，原来的男友又主动联系上了她。那个曾经负心的男人向她道歉，并且告诉她，他的婚姻已经名存实亡，希望和她再续前缘。她轻易地原谅了他，他们在网上忘情地互诉衷肠。听着对方情意绵绵的话语，她仿佛听到自己家庭像布帛般撕裂的声音……

　　网络毕竟虚幻，她更需要真实的爱情，于是决定见面。她的生日马上到了，时间就定在她生日的那天中午。

　　她突然想送情人一件礼物。看到离约会还有一点时间，她飞奔到附近的商场，直奔男鞋专柜区，想买一双皮鞋送给自己最爱的男人。正当打包要走的时候，突然听到相邻的女鞋专柜区传来一阵女人们的笑声。她抬眼望去，看到一个男人身穿裙子，脚蹬一双高跟鞋在那里步履艰难地走来走去。天啊！这个被周围人指指点点骂做"神经病"的男人竟然是自己的丈夫。

　　"你怎么不带你太太来？你总这样自己试，买回去能合适吗？"柜台小姐问他。

　　"没问题的！她的衣服和鞋子我都试穿过。她的身材和我差不多，她穿的衣服我穿着大小也基本合适！只是她穿的鞋子要小一些，挤脚挤到我几乎受不了，她穿就可以了！"

　　"你太太怎么不自己来试衣服啊？"

　　"她啊，她经常出差。知道吗？今天是她的生日！"

"你太太一定长得很漂亮！"

"是啊，是啊！"穿着高跟鞋，疼得龇牙咧嘴的他笑了。

周围人发出了一阵善意的笑声……

一大滴眼泪无声地挂在她精心装扮过的面颊上……

从此，她不再登陆那个QQ号，断绝了和那位"白马王子"的一切往来。她决定守护住这份弥足珍贵、曾经被忽略过的感情。她心中明白，自己的婚姻合不合适，她的脚知道。

mǎn

[满]

《音乐之声》

　　玛丽亚说："在我童年或年轻的时候，一定做过好事，因为此刻，你就站在那里爱着我。"

红线耳洞

　　耳洞早已打好，却只是穿一根红的丝线，轻轻柔柔的，没有质感和光泽。总没有一件像样的首饰，她烦了便抽掉丝线，任耳垂上留两个圆圆的洞。等时间长了，再取一根针，拿酒精擦了，野蛮且粗暴地阻止那个小洞的长合。这时男人在旁边坐着，眼睛的余光注视着她。男人的表情，尴尬且自责。

　　她不是那种虚荣和浪漫的女人。她没有昂贵的衣裙，不需要太多的情话。可是当她回了娘家，当她面对一群嘻嘻哈哈的姐妹和沉默寡言的母亲，便有些不安。其实她并不在意姐妹们故作无意地在她面前招摇着各自的首饰，她在意的，只是自己的母亲。母亲会长时间盯着她耳朵上的那根红丝线，虽然不说什么，但忧伤的眼睛说明了一切。母亲一生没有佩戴过任何首饰，但她希望自己的女儿可以——她希望女儿的生活不要太苦。可是她，却总也满足不了自己的母亲。每次从娘家回来，夜里，她都会红了眼睛，然后烦躁地抽掉那两根丝线。过几天，再取出那根针，拿酒精细细地擦。

　　男人笨手笨脚，做不成任何细致的工作。好在他有一身蛮力，这使得他在扛包的时候，总是健步如飞。男人一直在那个啤酒厂的仓库扛包，扛了十几年，练出了健壮的肌肉、微驼的后背和沉默的性格。他也有母亲，一位身患类风湿性心脏病的母亲。每个月，他都给母亲寄去一点钱。这些钱并不能治愈母亲的病，但他知道，这可以让母亲的生命得以暂时的延续。剩下的那点钱，他和她，精打细算，仅仅能够填饱肚子。

近来男人的身体不好，吃不下饭，恶心，睡不踏实。她说："别去上班了，休息几天吧。"男人说："这哪行？得去……现在流行什么首饰？"她说："铂金吧？"男人说："黄金呢？"她说："黄金也挺好的……干吗？"男人嘿嘿笑，表情似初恋时般憨厚。

晚上回家，男人叫来她，在她面前伸开手，手心上有两只金灿灿的耳环。那时她正做着饭，手湿着，慌忙在围裙上擦，未及擦干，又湿了眼。她说："你这是干吗呢？"却并不去接，仍然擦着手，心怦怦跳着。男人笑笑："知道你想要……傻丫头。"耳环戴上了，轻飘飘的，感觉和丝线差不多的重量。她问男人哪来的钱，男人说攒的……私房钱。她当然不信。她偷偷去男人的工厂问。

那天她是哭着回来的。当男人开了门，她猛地扑进他的怀里，拿拳捶他的胸膛："怎么这么傻？"然后便再也说不出话了。

男人卖了半年的血，又用了半年等待黄金降价。"地下"的血站，他半个月去一次。后来这个血站出事了，他又去了另一家。本来他想给女人买两只铂金的耳环，可是后来，第二家血站拒绝再收他的血——因为地下血站简陋且肮脏的设备，让他染上了肝炎。女人盯着男人有些蜡黄的脸，不说话，只顾哭。男人拥着她，说："不怕的……戴上吧……傻丫头。"那时她觉得耳环一下子穿过了她的心脏，穿出一个洞，不停地涌着血。

她把耳环缠上一圈圈红的丝线，小心翼翼地躲避着哪怕是最最轻微的摩擦。看不到耳环的成色，更看不到金属的质感。回娘家时，母亲说："你戴的是金子吗？"她说是，然后露一点点给母亲看。母亲就笑了，缺了牙齿的嘴，咧成幸福的月牙儿。

耳环她只戴过一次，然后，包好，锁进了抽屉。男人问她怎么不戴了，她说："不用了，我知道自己拥有世界上最美的首饰，这就足够了。有一个笨手笨脚的善良男人，他也是我的首饰。"

第二章

那些心里有伤的人，都想有一个树洞

从黑暗中来，
到白云里去，
从根茎中来却不能回泥土里去，
不留情面的秘密，
执拗地长出了身体，
只好挖一个树洞，慢慢和树说起。

mù

[慕]

《一代宗师》

　　宫二先生说："我在最好的时候碰到你，是我的运气。可惜我没时间了。想想，说人生无悔，都是赌气的话。人生若是无悔，那该多无趣啊。我心里有过你。可我也只能到喜欢为止了。"

霸王别姬

那年，她才二十岁，像春天枝头上新绽的桃花，鲜嫩而饱满。她自小学戏，在剧团里唱花旦，嗓音清亮，扮相俊美，把《西厢记》里的小红娘演得惟妙惟肖。他三十二岁，和她同在一个剧团，是头牌，演武生，一根银枪，抖得虎虎生风。

台上，他们是霸王和虞姬；台下，她叫他老师，他教她手眼身法步，唱念做打功，一板一眼，绝不含糊。她悄悄拿了他的戏装练功服，在乍暖还寒的春风里搓洗得满头大汗。洗好的衣服像旗帜一样飘扬着，她年轻的心，也轻舞飞扬。

知道他是有家有室的人，她还是爱了。就像台上越敲越紧的锣鼓，她的心在鼓点中辗转，起落，徘徊，挣扎，终究沦为失陷的城池，一寸一寸地陷落下去。台上，当她的霸王在四面楚歌中自刎于江边时，她一手拉着头上的野鸡翎，一手提着宝剑，凄婉地唱："君王从此逝，虞歌何聊生……"双目落泪，提剑自刎……

她想，爱一个人就是这样的吧，他生，她亦欢亦歌；他死，她绝不独活。

这份缠绵的心思，他不是不懂，可是他不能接受，因为他有家有妻子。面对她如花的青春，他无法许给她一个未来。他躲她，避她，冷落她，不再和她同台演出。她为他精心织就的毛衣，也被他婉言拒绝，却还是有风言风语渐起。在那个不大的县城，暧昧的新闻比瘟疫流传得还快。她的父亲是个古板的老头，当即就把她从剧团拉回来，关进小屋，紧锁房门。

黄铜重锁，却难锁一颗痴情的心。那夜，她跳窗翻墙逃到他的宿舍，热切地扑进他的胸膛，对他说，我们私奔。

私奔也要两情相悦，可他们不是。他冷冷地推开她，拂袖而去，只留下两个字：胡闹。

那一夜，以及那之后的很多夜，她都辗转难眠。半个月后，她重回剧团，才知道事业正如日中天的他已经辞职，携妻带子，迁移南下。

此后便是杳无音讯，她的心成了一座空城。她知道，这份爱，从头到尾，其实都是她一个人的独角戏，可是她入戏太深，醒不过来了。

十五年过去了，人到中年的她，已是有名的艺术家，有一个幸福和睦的家，夫贤子孝。她塑造了很多经典的舞台形象，却再也没有演过虞姬。因为她的霸王，已经不在了。

那一年元宵节，她跟随剧团巡回演出。在一个小镇上，她连演五场，场场爆满，掌声雷动。舞台，掌声，鲜花，欢呼，都是她熟悉的场景。可分明又有什么不一样，似乎有一双眼睛，长久炙热地追随她如燎原的火焰。待她去找时，又没入人群不见了。谢幕后，在后台卸妆的她，忽然收到一纸短笺，上面潦草地写着一行大字：十五年注视的目光，从未停息。

她猛然就怔住了，十五年的情愫在心中翻江倒海——是的，是他。她追出来，空荡荡的观众席上寂静无人，她倚着台柱，潸然泪下。

十五年来盘桓在心中的对他的积怨，在刹那间冰消雪融。

是的，他一直都是爱她的。只是他清楚，那时的她是春天里风华正茂的树，这爱是她挺拔的树身上一枝斜出的权，若不狠心砍下，只会毁了她。所以，他必须离开。如今，她是伸入云霄的钻天杨，而她成长的每一个枝丫间，都有他深情注视的眼睛。

那遥远的守望，才是生命中最美的注视。

diàn

[惦]

Wherever you go, whatever you do,
I will be right here waiting for you.

《四根羽毛》

艾瑟妮说："上帝会把我们身边最好的东西拿走，以提醒我们得到的太多。"

记得我十年，想我只要十天

"老公啊，我们什么时候能结婚啊？"女人一脸好奇地问，从声音分辨，她是很轻快地询问。他们在一起时间不久，两年而已，相处两年的情侣到处都是，随便就能抓出一大把，而现在的人，能有几个在交往的时候考虑结婚的？

"现在工作上也没什么突破，过两年吧。"男人轻轻柔柔地道。

"哦。"没有失落亦没有兴奋，似乎预料中。

"老公啊，那假如有孩子了怎么办？"

"你有了？"男人紧张地握住女人的手，眼睛紧紧地盯住她。

"你抓痛我了啦。"女人喊了出来，"我是问问而已，有了我会告诉你的。"

"老婆，你记得，以我们现在的情况并不适合要孩子，经济上也许可以不用顾忌，但是心理上还无法接受，养育一个孩子不是养育一只小宠物那么简单；如果你有了要告诉我，我会陪你去医院的，明白吗？"听了女人的话，男人放下心来，也柔下声音来对女人说着自己的观点。

"你放心好了啦，我不会那么不注意的，即便是有了也不会瞒你的，嘿嘿。"女人清爽的声音再度响起。但在心底，女人不知道是否该赞同男人的话。彼此工作其实都不错也算稳定，已经多次思考过，男人只是交往初期提到过结婚，而当彼此交往变得稳定后就没有涉及过婚姻。女人虽然大大咧咧但不是真的傻。其实真不知道他们之间的问题到底出在哪。是不爱吗？虽然感觉不到爱却也没感觉到哪不爱，也许是时间让彼此都沉静了。现在他们住的房子，一半是女人出钱按揭的——她习惯平衡。平日逛街，他也从来没有陪过她，她从来不觉得有什么不舒服，毕竟习惯自娱是最容易快乐的方式，这时候却想到这个举动是否也能衡量他的感情。

"老公啊，今天你陪我逛街好不好？你还从来没陪我上过街呢。"女人撒娇地说。

"忙呢。乖，怎么今天想到要我陪了？"男人漫不经心地问。

"那你要不要嘛？"

"自己去吧，要买什么自己去提款就是。"男人的眼光始终专注在文件上。

"老公，我突然想嫁给你了，怎么办？"清纯美丽的小脸上闪亮的大眼无辜地望着男人。这句话把男人的注意力拉回到她身上。男人望着眼前这个没被现实的残忍划下太多痕迹的女子，隐隐地萌生出不耐烦与无力感。

"那张纸对你来说是什么意义？"男人放下手上的工作打算和女人好好地谈一次。

"不知道。想和你结婚跟那张纸有关系吗？"

"你想结婚不就是想要那张纸吗？"男人牵动了一下眉。

"如果你那样想也可以啦，你有没有想过和我结婚？其实也是在问你的未来有没有把我算在内。"依然是轻快的声音。

"从一开始我就是打算和你一直走下去的，你不会不明白。"男人间接地回答。

"你从来没有直接地回答过我的问题耶，不管是怎样的问题都好！"女人把声音放到很嗲，"好了啦，不跟你讨论了，免得气死我自己！嘻嘻，那我自己去逛街啦，不要你陪，哼。"话音一落，她拿起包以轻快的姿态走出房间。

身后的门一关上，原本笑意盈盈的脸瞬间沉下来，换上一脸苍白与哀愁，她的眸底有着让人捕捉不住的幽晦迷离。迈出脚步，缓缓地走在人潮拥挤的路上，她的脑子里一片空白却也塞满了思绪，一直都以为自己是很快就能过滤伤害放大欢乐地开心着，这次用尽了力气，却做不到，泪水直流。有的时候不甘愿输给命运却不得不屈服于宿命。

哭够了，收起眼泪扬起笑脸，冲到步行街给心爱的他选了十套西服十件衬衣十条领带十个领夹十双袜子十双鞋子，信用卡几乎被刷爆，但是她笑得看不到眼。这时候的她，就是一个精灵，能感染人的精灵。

东西太多扛不了，她只好打车回去，得意洋洋地向他炫耀自己的战绩。他看到那么多的衣服，嘴角边隐隐地抽搐，看着身旁这个做事向来一鸣惊人的她不知作何反应。

"老公啊，这些都是我挑的，不错吧？"看着自己挑的西服她自我陶醉，对自己的眼光她向来自信。

"老公啊，这些衣服记得要慢慢穿哦，今天看到好看的心血来潮就帮你买了。哼，你要敢说一个不喜欢的字眼，我就让你吃不了兜着走，听到没？"女人叉着腰威胁，故意板起那张娇滴滴的脸。

"好。我不说不喜欢，但是你买这么多干什么？你怎么总是那么浪费！"男人语带指责。

"哎呀，老公，反正都已经买了你骂我也没用。你就多疼我一点也喜欢上这些衣服吧，好不好嘛？"女人撒娇地摇着他的手，一脸的委屈状。他回她一个无奈的眼神，揉揉她的头发。

"好好好。你呀，以后记得别这样了听到没？否则就算你撒娇我一样不饶哦。"

"嗯嗯嗯嗯。"女人拼命地摇晃着脑袋。

"嘿嘿……嘻嘻……"女人一直在咧着嘴傻笑个不停，男人见状亦拉开嘴笑了出来。他的女人太可爱了，和小孩子一样无忧无虑，也有成熟女人的知性。有"妻"如她，还有什么不满足？他在心里也琢磨着见家长的事，一直都不再提起结婚的事只是想给她一个惊喜。当初在一起的时候，他就下定决心娶她。

"老公啊，我这个月回家去陪我妈妈好不好？毕业到现在我都没有在家好好待过呢，妈妈好想我了，我怕弟弟娶到的老婆欺负我妈，我要回去好好'教育'弟弟去！"晚上的时候她搂着他，手在他身上挠着痒痒，他边逃开她的魔爪，边取笑："你终于有良心记起妈妈啦？"

"嘻嘻，人家可是乖乖女咧！老公，我买了明天中午的机票，这段时间你可要好好照顾自己哦。"

"原来你是有计谋的啊，我说你怎么突然对我这么好。"男人假装凶神恶煞。

"哈哈，你装得都不像啦。讨厌！"

笑声溢满整个世界。

半个月过去，男人耐不住没有女人在身边的空寂，思念她的调皮，想念她的体温。拨通她的电话，男人细声细语地磨女人赶快买票回来。电话里她清爽如银铃般的笑声回荡在整个脑海里，令他眼圈犯红。

"老婆，你回来好不好？我们结婚吧。"

电话另一头刹那静如死寂。"你，不是不想娶我的吗？"沉默过后，女人轻轻地问。

"我不是不想，我是想在适当的时候给你一个惊喜，可还是熬不过思念先说了。"男人解释着。

"嘻嘻，好啊，你等我回去好不好？"女人恢复精灵样，似乎得到了全世界一样。

又半个月过去了，男人见女人迟迟不归，再次拨通电话。这回电话响了好久才被接起，却是女人的弟弟接的。男人询问他女人怎么还没回来，弟弟说她那里还需要处理点事，还没那么快能走开，告知很快就回，请他别挂心。

再半个月后，男人接到来自女人弟弟的电话。电话里，弟弟让他马上到他们家去，说女人有事。男人吓坏了，订好机票如箭般飞奔机场。

飞机降落，女人的弟弟接机，弟弟一眼就认出男人，一路沉默地把男人领到医院。不祥的预感笼罩着男人，病房门开，女人瘦弱苍白的脸震撼住男人。男人的心猛地被狠狠地揪了一把，绞痛难耐。他拖着软弱无力的腿，迈步到紧闭双眼的女人身边，用手轻轻地抚着那熟悉的脸颊，一下一下地抚摸着。

"姐姐胃癌晚期，拖了两个月了。"弟弟在一旁轻轻说着，女人的父母眼圈瞬间又泛红。

这个意外，真的太意外了，意外到连怎么回事都弄不清楚，意外到他感觉自己像飘在云端。胃癌，原来女人总是说没胃口，总是不吃东西，说减肥是女人的终生事业，这一切都是借口，他责怪自己怎么就没用心去观察过，怪自己那么大意让女人独自撑着这最难熬的日子。

女人去天堂后的半个月，从女人住的那个城市寄来一封信，男人看着熟悉的字体，浑身颤抖。

亲爱的老公：

一定在想我了，是吗？一定是的，我在天堂都感觉到了呢！

老公啊，你说想和我结婚，真的好感动哦！原本以为你只是想和我在一起并没有和我共度一生的想法！老公，谢谢你的爱！

和你在一起啊，真的是世上最幸福的事呢！每天早上醒来你都会喊手麻，嘻嘻。知道吗？老公，这是最最感动最最记忆犹新的片刻。因为没有你的手臂当枕头，没有你的怀抱当港湾，在家的这些日子我都睡不着。但是我不后悔，我不愿意你看到我被病魔折磨得不成人形的样子，我相信换作是你，你也不会让我看到自己痛苦的一面。老公，原谅我，以后只能在天上笑给你听了。

老公啊，一年前，我是多么希望时间能够定格，多么想永远永远都把你铭记于心底，但是发现怎么看你都看不够，我不知道要怎么做才能让心里舒服点。我知道你爱听我笑的声音，其实我自己也好喜欢自己的笑呢，所以就天天笑，让你永远都记得我，是不是好自私？我怕我走了之后你把我的一切都尘封进一个连碰都不会去触碰的角落里。我好怕，怕在那里我会冷，所以就用爱让你对我刻骨铭心。我把每天当成最后一天来过，所以，够了，今生有你，够了。

上次帮你买的衣服袜子鞋子，你每年在我离开的那天穿上一套去看我好不好？十套，那就是十年，十年里，你只能用十天的时间想我，在特定的那天里，你才可以想起我，也不准不想我。你知道我喜欢紫色玫瑰花，记得去找到哦。我对我老公可是很有信心的呢。记住，一年就是那一天能穿，别的时候不要去碰那些服装，如果你忘记了，那么在你老了之后看到那些衣服，也许能想起我的这个要求呢。嘻嘻，以后你娶老婆了，记得在那天的时候带来给我看，但是不要告诉她我是谁，是女人都会介意的，就说……呃……就说我是你的青梅竹马好不好？我好美慕那些青梅竹马长大的人哦。

以后你娶老婆了，那她就是"咱老婆"，你要对咱老婆好哦，就像对我这样，因为我在天上看着呢。虽然我会哭会吃醋，但是我更不舍得女孩子伤心。你下辈子欠我一生，好不好？下辈子我会是一个好健康好健康的宝宝呢，到时候我会用力地缠你一辈子，直到老去。

老公，我不想告诉你我爱你这个事实了，怕你哭。我只看你哭过一次，那次我任性和你提分手。但是现在的你一定也是在哭，对吗？不只是眼睛哭，心也在流着泪。老公啊，不要让心定格在那凄楚哀怆的瞬间，笑着面对人生，帮我笑完今生，好吗？

从现在开始，不要悲哀不要消沉。想我只要用十年里的十天，十年后把我从生命里彻底清除。我自私，但是我怕我的自私让你恨我。所以我就赖你。十年，就十年好不好？十年，我们就真的忘记彼此，期待来生。

                                            已经在履行约定的傻孩子

泪滴湿了信纸，男人痛哭失声。天渐渐地暗了，黑了，窗外灯光斜射了进来。男人整理好情绪，轻轻地，对着天际呢喃："老婆，我记得你十年，想你用十天，来生还你一辈子！"

chū

[初]

Wherever you go, whatever you do,
I will be right here waiting for you.

　　亦舒说："爱是极之奢侈的一件事。我会永远记得他，在年老时，眯着眼在阳光下想起他，感激他给予的美好记忆，我的初恋和失恋。"

丁香梅

　　快结婚了。他陪她去选首饰，一间一间的店走过来，一方一方的柜台看过去，蓦然间，她如遭电击，目光定格，手扶玻璃，生生要将台面按碎的样子。他惊讶地问："怎么？喜欢什么就买下吧。"她急急指点小姐将柜台里的一对耳饰取出："就是那个，对，那个，链子上垂着一支丁香花的。"

　　上午他们已经选了一套项链耳环，白金，镶嵌蓝宝石，配着她白皙的皮肤，端庄优雅，一看就是好人妻。而这副耳环不过是银饰品，百余元而已。但好在做工精细，一弯月钩上垂一线银丝，坠着一支银造的丁香花，若戴在娇小玲珑的耳上，一摇一荡，十足的江南韵味。她并不试戴，却急忙地摊在掌心里审视，看到了丁香花心镂刻成一朵五瓣梅花，外层是丁香花萼……

　　他凑近来看，也赞叹说："看起来蛮精致，买下吧。"说着便让小姐开票。她牢牢地攥住那一对耳环，神色似悲似喜，小姐连唤几次，才从她手里要回耳环包装起来。他要去付钱，她决然止住他，自己走向收银台。

　　他说："我们去选戒指吧。"她怏怏地摆摆手："我忽然想起来，还有件事要办，明天再买吧。"一回到家，她便取出发票、产品回执单，找了银饰品的厂家电话号码，打过去。

　　"我要找一对耳环的设计师。"对方的客户服务中心吃了一惊，这还是第一次有人提出这样的要求。

被婉拒之后，她索性搭了飞机，一直赶到那厂，拿着耳环，一定要找到耳环的设计者。厂家生怕是对手公司挖角或者是别的什么诡计，坚持不透露设计师的姓名。

她急了，在接待室里一屋子陈列的银饰中落下泪来："七年前他离开我的时候，唯一的约定就是，有一天他如果成功，会为我制作一对耳环，把我的名字做成首饰。"

她取出自己的身份证，名字竟是：丁香梅。青梅竹马的爱人因为家境贫困辍学，去浙江学金饰打造手艺，与她分别。两个人都知道，以后的境遇会落差越来越大，再见已经无期。心有不甘，男孩子安慰女孩子说："我不会只做一个普通的金银匠，有天我会成为首饰设计师。如果有天我能成为设计师，我第一件饰品就是打造一朵丁香梅，把你的名字嵌进去。"

她念了大学，离开家乡。而他辗转各地，两个人的音信在四年前已经断绝。有时她经过南方小镇，看到街头巷尾挂着"金"字标志的小店铺，总要忍不住进去看上一看，盼望那工作台后能抬起一张熟悉的脸。听她说完往事，接待小姐站起来，出去打了几个电话。小姐回来告诉她，设计师一会儿就来。

片刻之后，设计师终于出现了。她只看了一眼，一颗头就失望地垂了下去。那已经是个四十出头的中年男人。她拿起手袋，忍着泪告辞。设计师却突然叫住她："这个设计，应该是你的爱人为你铸造的。因为最初的构思，是我在火车上听来的。"她愕然。

设计师说："前年我在出差路上，碰到一个年轻人，听说我是首饰设计师，他很感慨地告诉我，他差点也成为设计师，他一直梦想设计一副丁香和梅花形的耳环，来纪念一个叫丁香梅的女孩。"她的泪水一下冲出眼眶："他看起来还好吗？"

设计师点点头："很好呢，他似乎一直在做服装生意，很有钱的样子，是陪新婚妻子去旅游的。算起来，也该有孩子了吧。"她的脸黯淡了一瞬，手掌握紧了那对耳环。

她离去之后，接待小姐忍不住问设计师："这个设计真的是从火车上听来的吗？"

年逾不惑的设计师微笑不语。

她且悲且喜地回到自己的城市。未婚夫已经在她的屋子里等得发昏，一见面就叫起来："失踪了三天！你要把人吓死啊！"

听着这声音，看他惶急的脸，她竟觉出一缕温暖。

他恨恨地说："戒指没等你回来再挑，我挑好了！不满意就算了！"掏出小盒，塞到她手里。

她笑着打开，柔柔地说："款式是什么都已经不重要了。"低头一看，愣住，泪水再次模糊了眼睛：一只白金指环状若花茎环绕，接点处是一朵丁香，花心里以碎钻环成梅花心，衬托出中间的美钻。

人生的相遇与错过，都是机缘，一切的爱与离别，都是真心，这便足够了。

wéi

[唯]

Wherever you go, whatever you do,
I will be right here waiting for you.

《2046》

　　周慕云说：“爱情这东西，时间很
关键。认识得太早或太晚，都不行。”

只有一条爱情线

古时候，人有不可告人的秘密，就走进山里，在树上挖一个洞，然后把秘密对着树洞说，再把树洞封起来，秘密就藏在了树里。

这句话让她笑了，想到了掩耳盗铃。当时她和一个男子聊QQ，说到了《2046》和一些记忆的旁白。

这部电影她也看过，在这个有些冷的下午，她猫在格子间里跟他说话，有时看一下视频，他很帅气，当然她也很漂亮。刚刚过去的秋天，他们认识了，谁也没问谁在哪里，姓甚名谁。就是遇到了聊上几句，一会儿春花一会儿秋月，似乎都有淡淡的喜悦。

2046是什么?

也许是一去不返的时间，很多人想回来，却回不来。回来做什么? 拾起一些过往的情爱，很美，可在时间奔驰的路上，如尘。

一辆从2046开来的火车，唯一一个从2046回来的男人坐在车上，他向着曾经，从前，与其说是前进，不如说飞快地后退。

他要回来寻找那些曾经以时间为序和他相爱过的女人。

一个机器人，与那个男人玩一种木头人的游戏。

那个机器人，看上去华丽而又诡异。不过，那个机器人非同我们认知的机器人那样的有种金属的冷，它爱上了从2046回来的那个男人，亲吻，缠绵，它渐有人的温度。

她这样说，一句一句的，不紧不慢的。

那男子说，机器人看似薄情，而一旦生了怜爱之心，奋不顾身了。

她笑，如果它可以动情，人肯定冷血了。又说，就算它有温度，也不是体温。

一时沉默。

他说做个测试，他总是有这样那样的测试题，都有些小情趣，比如他问，假如有一块肉，刚好一只猫饿了，一只狗也饿了，问她给谁吃？

她想了想，说给猫吃一小块，狗吃一大块。

他在那边哈哈笑，原来是测试她对老公对情人的态度。她也笑了，呵呵，原来是这样的哈，她说。

他的问题问完了，都与爱人有关。只能回答是或不是。问完了之后，一段话就发了过来：

在从前的生命中，你是一个薄情的人，从来不会为了任何一个恋人而长久停留。对你来说，爱情不过是一种不得不经历的东西。你遇到过许多人，也改变了许多人。虽然你看上去是个处处留情的人，但对待感情你始终保持冷静和理性。这使你具有永远不被别人伤怀的力量。

他说这是答案。

她愣住了，处处留情，却有保持冷静和理性，因此具有永远不被人伤怀的力量。世上也许没有人能做到，如果做到了，那伤了怀的是谁呢？

那一刻她想起了很多往事，一些男子的脸渐次浮现，她爱上他们中间每一个人，都想着和他有个好的结局，可是她与他们的结局只有一个，分手。一路爱来，哭了多少回，伤心多少次？

她想不起来了，好在她找到了他。他说，一个女子有可能成为成千上万个男人的妻子，能相遇已经是奇迹，更别说相亲相爱了。他怜惜她，肯怜惜女人的男人现在太少了，她也宝贝他。

许是时间久了，她觉得他对她不似之前那样的香浓。

爱是舍也是得，有舍，有得，定有伤怀。这样想，从2046往回走，抚平伤怀，再爱一回，可能成为每个人的梦。只是，无法抵达。

还不如好好爱下去。

她久久不说话，视频里不停地问，怎么了，怎么了？说看着她的眉皱起，想伸手替她抚平，说看她嘟起的小嘴，想用唇熨帖下来。

许久，她抬起头，看了一眼他的话，笑了。

一个男子，一个女子，是不会无缘无故地聊天的。多多少少都有些闲情，都有些愿望，不管是明示暗示，还是潜在的。

她对他笑了，伸出右手放在视频下面，她说，我只有一条爱情线。她只说了这一句，然后下网。

下班了。她回家。

公车上的人靠在一起，都不扶铁扶手，因为那寒入骨。进了院子，孩童们正在唱儿歌，一九二九，不出手，三九四九冰上走……

她把手从裤兜里拿出来，用劲搓了，上前捉住一个孩子的双手，捧在手里暖了，孩子小小的脸像是红灯笼。

她牵孩子上楼。

老公已经煲了汤，热气腾腾的，让她一阵脸热。

夜深寒渐起，她夜半醒来，伸手去抱那温暖的躯体，那是一种迷人的温度。

也许，这是男人对于女人的重要意义。反之，也是。

shāng

[伤]

《荷尔蒙》

娥乐说："现在，我站在你面前
了，可是，你认不出我，我想，这是世
上最疼的事了。"

火晶柿子

十月，她去参加他的婚礼——并没有收到他的请柬，是从同学那里得到的消息。喧嚷的酒宴，她却只能一个人悄悄地躲在角落，远远地看着他。那对幸福的人正被众人起哄，一吻如香糯的米酒，醉红两张激动的脸。

她笑一笑，抿一口酒，却有百般滋味在心中波翻浪涌。

她悄悄地退了出来，走到大街上。车水马龙的街头，有小贩悠长的吆喝声飘过来："正宗的火晶柿子，蜜甜爽口……"她停下来，一团鲜红，耀眼似火球，晶莹透亮如水晶。她呆了一呆，仿佛被那团颜色灼伤了眼睛，泪悄然而落。

她当然还记得，那些相爱的青葱岁月，月光下的篮球场，他一个人在球场上闪转腾跃，她站在旁边，追随他的目光如星星闪烁；他在女生楼下的玉兰树下等她，微风轻吹，暗香浮动。她一身月白色的碎花长裙，披着未及梳齐的长发，从楼上跑下来，先夺了那个饭盒。里面两个小巧的柿子，是晶莹透亮的鲜红，在她饱满光洁的脸上，映出两朵含娇带羞的红云……

无须任何承诺，两颗火晶柿子，是他们爱的见证。每年的十月底，他回老家临潼，将那些成熟后鲜红透亮的柿子小心地摘下来，带回来放进冰箱冷冻。只因为她喜欢，所以无论什么时候，她都能吃到冰晶甜润的柿子。每次他看着她吃，满嘴鲜红的汁液横流，无尽的疼爱，在心中颤动。

毕业后，他到广州一家公司做工程师，她则留校做了化学教师。车站送别，他拥她在怀，只说了一句："有爱不觉天涯远，我们总会在一起的。"她却仍在火车开动后，追着火车一直跑，直到心口疼痛，在铁轨旁艰难地弯下腰来。她的心如凋零的白莲，一瓣一瓣孤单落地。

他和她仍然是爱着的，爱情隔了千山万水，在电话、手机短信和QQ上开出明艳的花来。每年十月底，他回老家，采了当年的柿子，放进她的冰箱里。他叮嘱她不可以一次吃太多，对胃不好。他刮她的鼻子，不可以太想我，对身体不好。等着，很快就能付房子的首付了……

分开第三年，她提出分手，没有理由。他连夜从广州赶回来，她已经人去楼空。他发疯般揪着她同事的领带，只差一把刀横上脖颈。同事吞吞吐吐，她……结婚了……

流年似水。几年后，他携女友回家过年。在十字路口转弯时，忽然一个身影如惊鸿从眼前一掠而过。他的心，莫名一震，急忙吩咐司机掉头。那个身影，在如潮的人流中像翩然飞舞的蝶，时隐时现。终于停下，诧异地转过身来，他却怔住，如被雷击。

她优雅地微笑，说："你，认错人了。"然后，从容转身疾去。

是的，他当然是认错了。他的她，娇颜玉面，如芙蓉花开，怎么可能是眼前这个一脸疤痕、面容可怖的女子？

她躲在街角，目送他离去。车如流水，她的天地却这样空静，只留下她一个人伫立在辽阔的旷野上，所有的爱，跌碎成泪。

当然会认错的，那一次实验室事故，爆瓶的硫酸如急雨，一滴滴都是焦灼的吻，落在她眉目如画的脸上。

她和他分手后，再也没吃过这种外表鲜红似火，入口清凉如冰的柿子，就像此刻，满目是火晶柿子娇艳欲滴的红，她却再不能甜蜜入口。

zhī

[知]

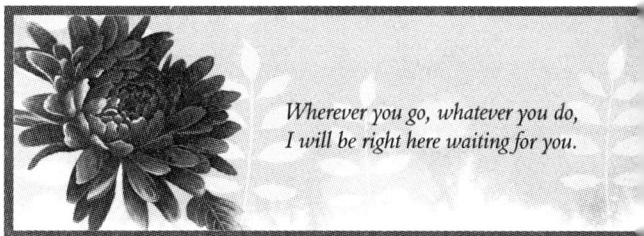

Wherever you go, whatever you do,
I will be right here waiting for you.

《纵横四海》

阿海说："你们都知道我的性格，
我喜欢西逛逛，东逛逛，我喜欢流浪，
其实爱一个人并不是要跟她一辈子的，
我喜欢花，难道我摘下来你让我闻闻；
我喜欢风，难道你让风停下来；我喜欢
云，难道你就让云罩着我；我喜欢海，
难道我去跳海？"

禅意芬芳的心疼

爱上她，是在开往航站大楼的地铁上。

因为要完成硕士论文，按导师的指点，他那两个月经常乘地铁去航站，搜集所需的资料。很自然地，他碰见了许多上下班的漂亮空姐。他说，与那么多的美女同行，很养眼。而她，却摇动了他的心旌。

像静静的心湖突然投下一枚石子，那爱的涟漪一圈圈地荡漾开来，中间是她明媚的芳颜。

"美女也喜欢这本书啊？"他找到了一个与她对话的源头。

"是朋友推荐的，里面有许多动人的故事和深刻的人生感悟，读着让人心里生暖，我还很喜欢书的名字——《人生不留遗憾》。"她夹了书签，抬起头来。

"是啊，若真能做到人生不留遗憾，那该多好啊！"不容与她错过的念头，蓦然强烈起来。

"有些遗憾也挺美的。"她一语轻轻。

"遗憾之美，缘于对那些生命中的美好未能如愿的不舍、不甘和无奈，缘于对完美的渴望和追求。"他喜欢探究问题的本质。

于是，就"遗憾"这个话题，他们把二十多分钟的行程，缩成了短短的瞬间。

随后的日子里，他知道了她的一些故事，竟然可以说是大多与"遗憾"密切相关：在读职高时，她发疯似的爱上了一个学美术的男孩。那年她十八岁。她不惜狠狠地伤了父母，跟着男孩跑到北京闯荡。他们没有学历，也没有一技之长，在人才如过江之鲫的繁华京城，他们吃了许多难以想象的苦头。后来，她有幸签约了一家北方航空公司，靠着她那份稳定的薪水，那男孩进了一所美术高校进修。没想到，那男孩在一次帮朋友进行室外装潢时，不慎从十楼坠落，没留下只言片语便永远地离开了她。无言的悲伤还未散去，出于对当初自己爱得任性的愧疚，不忍看着父母焦虑，她同意了父母看好的一份姻缘，嫁给了一家房地产公司的营销部经理。两个人的物质生活是令人羡慕的，可感情上总是疙疙瘩瘩的，说不出的痛，是找不到药物的内伤，或许只有时间才能疗治。

"为什么要跟你说那么多呢？"恍然发觉与他竟有些无话不谈了，她的心不禁一颤。

"谢谢你把我当作了可以倾诉的朋友。"她的故事，令他想冲动地握住她的手，把怜惜和疼爱默默地传递。

"也许这就是人们所说的遗憾吧。"她轻轻地叹息。

"尽管生命中的完美太少，但绝对不应该由此放弃对完美的追求。"他一时不知该对她说些什么。那一刻，他的心里也乱得很。

未曾表白就已结束。那样短促的爱，准确点儿说，不过是一场一厢情愿的暗恋，却也那样的无法割舍。此后，她便挥之不去地占据了他心灵的一隅。

研究生毕业，他如愿地进了一所高校的宣传部。这期间，有许多人给他介绍女朋友，他也很认真地去相亲，去恋爱，却怎么也找不到爱的激情。渐渐地，他便淡漠了爱情，而将更多的精力都投入到了工作当中。与情感之路相反，他的事业一帆风顺，蒸蒸日上。很快，他就成了那所大学里最年轻的副处长。

不时地，他会接到她的电话，听她絮絮地讲自己的故事和感受。间或，他插进一两句自己的感受。更多的时候，他是一个很好的倾听者，而她，似乎也只需向他倾诉一番，并不奢望从他这里得到什么。

只是，他经常地想起她的那些遭遇，尤其是一想到她那至今仍如温吞水一样的婚姻，他的心里便隐隐地疼，一丝丝的疼，说不出的疼，皆与她有关。

逢了节日，他也会送上温暖的问候。她盈盈的感动，他看不到，却能感觉到。

转眼间，两个人没见面已有三年了，但她的一颦一笑，都那样清晰地印在了他脑海里，她的苦辣酸甜，他知道的很多很多。有好几次，他想约她出来坐坐，但最终没有付诸行动。他苦笑：相见又如何？只怕会一重伤感再握一重伤感吧？

那天，在图书大厦一楼，猛一回头，他呆住了：不过是隔了一千多个日子，她的变化却那么大，那装束，那眼神，那气质，全然不是他曾熟悉的样子。原来，她还是瞒了他许多自己的情况，只因她不想让他有太多的牵挂和担忧。

坐在临街的咖啡屋，她轻轻地抚弄那个精致的杯子，在柔柔的钢琴曲中，面对他满脸的惊诧和急切，她缓缓地告诉了他另外一些从不愿向人提及的遭遇：她丈夫有外遇了，她像许多女人那样哭过闹过，但无济于事，就在她提出离婚时，他却中了情人的美人计，因私自挪用公司的巨款炒股造成不可挽回的经济损失而被判入狱四年。一夜之间，他们倾尽了这些年全部的家产，仍欠公司一百多万元债务。这时，她的丈夫才骤生悔意，愧疚地说任她怎么抉择他都无话可说，只要她愿意，只要她能幸福。

"还能怎样呢？毕竟他是孩子的父亲啊！"她怒其不争地长长地叹口气。

等待丈夫洗心革面，或许不是她眼下最好的选择，但除此之外她又该如何？他也无法给她指出一条更好的道路，只是一遍遍地安慰她想开一些，相信经过这么多的曲曲折折，一切都会变得好起来。他这样心虚地说，不敢抬头与她对视，生怕她一眼看穿了他内心的矛盾。

只是，从那以后，他给了她更多的关心。向她推荐了很多好书，帮她查了好些关于怎样做一个好妈妈的技巧和秘诀的资料，还通过同学的关系帮她调了一份更轻松一些的工作，甚至专门去探望了她服刑的丈夫，劝他一定不能再让她心灵受伤了……他那样心甘情愿地做着自己认为该做的事情，没有感觉丝毫的辛苦，只有欣然。

她感动地问他为什么要待她那样好，他只有淡淡地说了两个字："心疼。"

他没说出的是——因为爱，所以心疼。在他爱上她的那一刻，她所有的不如意，都会牵动他的心，他愿意分担她所有的痛苦，即使早已知道这一生无缘携手同行，可他仍愿意默默地为她遮挡一些生活的风霜雪雨，只希望她能够站在幸福的中央……

再后来，他听了她的话，与她介绍的一位空姐恋爱并结婚了。而她在向他的妻子祝福时，不无羡慕地说了一句："最懂得心疼的两个人，你们的幸福装不下的时候，一定想着分给朋友一些啊。"

他和妻笑着点头。

因为爱，所以心疼。因为那份真，那份纯，他的心疼禅意芬芳，地久天长。

第三章

候鸟也有南方北方，草木也有朝暮苍凉

因为到过生命的远方，
才知道乡愁也断人肠；
因为嗅过江南的草香，
才懂得塞北飞雪的意蕴悠长。
虽没人再提起那些过往，
心里却都藏着几片当年好时光……

cháo

[巢]

It is the tears of the earth that keep here smiles in bloom.

詹姆斯·乔伊斯说："离开一辈子后，他又回到了自己出生的那片土地上。从小到大，他一直是那个地方的目击者。"

一杯乡井土

　　他是一个老兵，1949年跟随部队撤退到台湾，最初以为这座小岛不过是一个临时遮风避雨的住所，要不了几年，总能回到山东老家去的。谁知道，接下来的等待是如此的漫长……

　　在台湾的日子不是过得不好，可他总是忍不住想起，妻子在大锅前做饭的样子，那件出嫁时穿的袄早已破烂，露出一缕缕的棉花，不复光洁的脸上总抹蹭着草灰或是棒子面，她抬眼看到他，总是一笑，像个少女似的娇羞起来，撩撩耳后的发丝，骂他看啥……

　　日子过得久了，他就算算儿子的年纪，才知道自己离家的日子有多长了。可他不愿算母亲的年纪，他怕，原本直挺着腰板干活的母亲会被那年纪压弯了腰，原本敞亮着嗓子唱歌的母亲会被那岁月磨糙了嗓，他连掐掐手指头都不敢啊！他只能在心里念着："娘啊，你可一定要等我回来……"

　　他多想父母妻儿们知道，他还活着。可是身不由己命不由人啊！

　　这么惦着念着过了十来年，他没有再成家，一直在等着那个回去的机会，却仍是遥遥无期。

　　后来，有一位同乡要经国外去一趟大陆，他兴奋不已，拜托其代为寻找家人——他无奈却百寻而不得。他那几日整夜整夜地睡不着，翻来覆去地把父母妻儿的名号念了一遍又一遍，脑海中似乎有几个声音在应答他——"儿啊！你头发怎么也白了？""他爸，这是山娃……"

那位同乡回来时给他带了一袋家乡的泥土，小小的像一个少年的拳头，他却抱着袋子扑通一声跪倒在地。它太重了，重到他不知该如何提起，只能像个小孩子一样，咧开嘴巴直至痛哭失声……

和十几年前一样，流了三日的泪终于还是干了。哭得早已辨不清日月的他忽然一下子清醒起来，摇摇晃晃地起身，挺直了脊背，他想到了一件大事要去做！

他把那泥土小心分开，一半缝在布袋子里，裹在衣服里最靠近心窝的地方，又将另一半分几次泡在水里喝了。

他含着满口的泥水，舍不得咽下，嘴里满是家乡的味道，脑子里都是少时的回忆，哭干的眼里又涌出泪来……他说那是乡井土，古时候是用来治病的，那病叫做"思乡"。

1981年，他突发中风，一个人在医院里躺着，半边身子都失去了知觉，护工喂到嘴里的粥顺着他的嘴角流下来，弄得满身都是。他用尽全力咬破了舌头，人差点死掉——"与其活得像狗一样，还不如死了！"他用颤抖的嘴唇吐出音节，委屈而又坚定，干瘪的脸颊上像溪流在奔淌。"可是我不能死，我还没有回家，还没有见我娘……我不能死……"

这一年，他已经年逾古稀，却仍像个孩子一样，总是在梦中唤着娘亲惊醒……

他只熬了三年，油尽灯枯。临终前他许下遗愿，要和那半袋乡井土融在一起，让自己变成故土的一部分。他像个孩子似的笑起来，眼睛望向遥远的虚空，好像在说："我终于回家了。"

gù

[故]

*It is the tears of the earth that keep
here smiles in bloom.*

《光阴的故事》

小华说："我一直急着想学会骑
车，我以为学会以后，爱去哪里就去哪
里，现在会骑了又不知道要去哪里了。"

乡愁依然辽远

　　许多时候是轻描淡写的，是沉默寡言的，但没有不是心心相印的，生生世世的——这，就是乡愁。

　　朋友的祖父年过八旬，有天突然说要回老家。这是个难题，因为老人已经卧床很久了，况且老家在鄂西没通公路的山里。可老人不管这些，只是哭着要回，要回去吃一碗合渣饭。那请老家亲戚来做行不？答，不行。这般，租个面包车让老人躺着，疾驰四百多公里，再请人绑了竹椅，抬回老家。老人在老家只待了三个小时。那三小时里，亲戚推石磨磨了大豆，连渣带浆下到锅里，一把茅草引着灶火，慢慢地煮着的当儿，又从菜园扯几把青菜，切成细丝，豆香起来时，散在锅里，再给点盐就成了合渣饭。盛在粗黑碗里好看，浆白渣黄菜青，佐饭的只是一碟从石窝子舀出捣好的蒜泥。老人吃得老泪一脸，然后就下山了。老人嘴里轻轻念叨，我回来辞个路呀。

　　半月之后，老人溘然长逝。朋友说，老人收录机里的磁带是马思聪的《思乡曲》，他听时，好像看到了柴火灶、石磨、菜园，听到了松风、鸡鸣、乡愁……

　　毫无疑问，味觉忠于故乡。远离故乡的人，吃不到故乡的一蔬一饭，哪怕看一眼也是好的。《舌尖上的中国》的风靡就是一例，无数人说起这个纪录片，眼里尽是挥之不去的或浓郁或清浅的乡愁。舌尖上的乡愁，背后是看不见的故乡，看不见的母亲。

常常某个瞬间，我心神涣散，忽然回到了老家，路口的树叶子很绿，一群鸡闭目养神，花猫卧在母亲脚下，父亲坐在椅子上，面前有一杯茶，祖父祖母的相片挂在墙上，活生生的，像是一喊就能走下来。他们没看见我回来啦。隔了不久，心思又转回来。过不了多久，再一次涣散……

一位朋友说，有个确定的老家可以想，可以回，是有福的。他的老家只是一个地名了，镇里移民搬迁，他家从山里搬到镇子边上，住上平房，相比山里条件好多了，可是没了山泉没了柴火灶，老家也没有了味道。每次他回家，都走十几里山路去看老家，没了人住，老房子一下子破败下来，看着心里真不是滋味。

有这样感觉的何止是他？中国民间协会主席冯骥才说：全国每天有近百个村落消失。消失的是村落，增添的是无处安放的乡愁。

有些愁绪，酒能够暂时消解，而乡愁，非回乡亲近不可。常回家看看，唱了这么多年，依然打动人心。一个离开了老家的人，总有离不开老家的双亲，村里的牵扯城里的，城里的惦记村里的，前不见父母，后不见孩子，不是乡愁，而是忧愁……

乡愁不声不响，内心却轰然，时而清浅，时而辽远，每个人身在其中，山一程，水一程，风一更，雪一更。

pàn

[盼]

*It is the tears of the earth that keep
here smiles in bloom.*

《美国往事》

面条说："当我对所有的事情都厌倦的时候，我就会想到你，想到你在世界的某个地方生活着，存在着，我就愿意忍受一切。你的存在对我很重要。"

一个人的圆满

夕阳下，一个身穿鹅黄襟衫、葱绿宽脚裤的女子伫立在码头边的柳树下。一阵急促的脚步声由远至近地响起，一个青衫男子的出现打破了沉寂。女子僵直的身子抖了抖，瞬间反应过来，微一回头，男子已经到了她的近前。男子张开结实的手臂，将女子揽入了怀中。

过了良久，女子睁着一双泛着泪光的美眸，长长的睫毛在眼帘投射下一片浓浓的阴影，幽怨的眼神犹自怔怔地瞪着男子的面容，竟似痴了似的。男子于心不忍，头一低，用下巴摩挲着女子的青丝，鼻间轻嗅着那缕缕发香，重重地叹了一口气道："我很快就会回来的，再也不走了。等我回来后就把咱们俩的事给办了。"

女子咬得泛红的嘴唇嚅动了几下，终没发出一丝声音，却就势一低，一头埋进了男子的怀中。不大一会，男子已经感受到了胸襟那一大片湿意。他轻轻地用手捧着女子的面颊，一双眼睛饱含着无限的深情，似乎要看进她的灵魂深处，哽咽的声音响起："相信我！多则一年，少则三五个月，我就会回来的。你会等我的，是吗？"

女子微微地点了点头，男子用手怜惜地抹去女子残留脸颊的泪痕，轻笑出声："下次可不许再哭了啊！再哭，月兔可又变成红眼兔兔了。"

他一边说着，一边用大手在头上比划出兔子的那一双长耳朵，眼忽闪忽闪，嘴努力地嘟着。女子被他这一逗，终于破涕为笑。灿烂的笑容像花儿一样，迷了眼前人的眼。

男子立在船头，手中紧紧地攥着一个精美的荷包，上面绣了并蒂的莲花鸳鸯鸟。若不是有事要出远门，这是洞房之夜她才会给自己的礼物。舟随水动，码头渐行渐远，河岸边依稀跑动着的那个身影，是她。每次她都会追着船跑出好远，直到筋疲力尽，直到船再也看不见。

船家粗犷的歌声唱响："日想郎来月想郎，好比春蚕想嫩桑。春蚕想桑日子短，我想情哥日子长。"她跑一阵，似连气都不舍得喘，脸庞爬上了红霞，眼看那船顺水而下，顷刻间消失在水天相连的暮色中，船的影子和他都不得见了。她只觉身子一软，浑身的筋骨似被人抽了去，同时掏空了她的心脏，颓然倒地。

这一等，就过了许多年。有多少年呢？除了她想是没人知道的。直等得她从一个如花的少女，变成了今日鬓角斑白的老妇。他刚走的那段时日，她还能断断续续地接到他的书信。在最后的那封信里，他万分欣喜地告诉她：下个月底，他就能完成所有的事情，赶回家中，跟她相聚。并托人给她带回了一个翠绿的玉环，告诉她这就是他给她的结婚信物。

她满心欢喜地做起了新娘子的梦来，村中的老人，相好的好姐妹，也开始陆陆续续地为她唱起了嫁歌。到了月底，她来到码头边，翘首以盼梦中人的出现。相见的场景在她的脑海里反复上演了很多遍，她羞涩地红了双颊。船已拢岸，可当最后一个人走下船板那一刻，她的心猛然揪了起来，他并没有如期出现。

各种猜想都浮上心头，她一如既往地每天去码头边等，直至某天南方战乱的消息传了回来。据说，那个城里的一切已全毁于战火。能逃出那场浩劫的人，寥寥无几。

她开始像游魂一般，整日游荡在码头边。看那拢岸的船上，下一个出现的会不会就是他？村里的人都觉得她是疯了，谁劝也劝不回她。大家只好带着满腔的同情，任她等下去。

过了很久，她不游荡了。她带着自家的东西，来到了男子的家中，开始担当起一个儿媳照顾老人的责任。老人重病不起的时候，曾泪流满面地拉着她的手说："孩子，咱家欠你太多了。"没等老人把话说完，她微笑着反握起老人的手，放回温暖的被窝。收拾出一大堆的换洗衣物，来到河边码头上，这是她惯常的独处。刺骨的寒风夹杂着豆大的雨滴落在脸上，湿了一脸，分不清是泪珠还是雨点。

后来，老人辞世，她还是会一个人一如既往地来到河边张望。几十年过去了，河边的景物早已经物是人非。两边的建筑隔河相望，汽船的鸣笛声早已经取代了昔日船家的号子。可她的心还是被定格在了那年那天离别的那一刻。

"您在等人吗？"一个少年人的声音打破了这里的寂静。

她缓缓地回过头去，眼前的这个年轻人她并不认识。她想了想，也许自己老了听错了。于是又回过头去，痴痴地看着远方，陷入到自己的沉思中去了。

男子迟疑地往四周一看，他费了好大的曲折才找到这个地方。昔日的河岸码头，早已经变成了今日的河滨公园。但老一辈的人，记忆里总是留着点念想，甚至有人记得更多这个地方发生的故事。于是，他就站在了这里。

他于是又问："奶奶，您在等人吗？"

这一次，她相信自己没听错。

因为说话的年轻人已经站在了她面前，声音是从他嘴里发出来的。她抬起迷茫的眼看着年轻人说："孩子，你是谁？我不认识你。"

年轻人从包里取出一个小布包，轻轻地打开。一个绣着并蒂莲花鸳鸯鸟的荷包就这样呈现在她的眼前。一瞬间，所有的过往，像一阵无法阻挡的狂风从她的心头刮过。强烈的情绪起伏，使她缓不过气来，她紧紧地揪着自己胸前的衣服，眼神凛冽地问年轻人："它怎么会在你的手里？"

年轻人猛然往地上一跪说："奶奶，真的是你？这是爷爷临终前交给我的，他……嘱咐我一定要找到你！"在年轻人断断续续的呜咽里她知道了多年缭绕在心底的谜团。就在那年他启程归乡的前几天，城市里遭遇了战乱，他看着人一个个地在他面前死去。他侥幸地从那座废都中逃脱出来时，却又遇上了乱兵。他们把他跟另一些人绑在一起，押上船，漂洋过海，去往不知何处的他乡。在海上颠簸了多日，许多人都在途中染病死去，尸体就被一个个地抛入大海喂了鱼。他凭着对家乡的眷恋，对她刻骨的思念撑了下来。而侥幸存活下来的人们最终被运到了条件极为坚苦的采石场，每天戴着脚镣做着非人的工作。一年又一年的时间里，他逃跑了不下百次，每次抓回去都是一次难以忍受的毒打，最后一次他们打断了他的双腿。采石场的管工为了惩戒其他的采石工，把他拉到悬崖边，推了下去。听到这里，她抑制不住满眼的泪水，连胸腔都颤抖起来，心爱的人啊！为什么上天让你受了这般苦楚，却不肯让她替他承担分毫呢？即便是全部给予此身也无妨！

年轻人继续说道："被管工扔下了悬崖时，爷爷只剩半条命，也许是老天垂怜，他居然被卡在了树上。我奶奶是当地的土著，她救了爷爷，还替他治好了双腿。那个年代，无法跨越大海的爷爷十分苦闷，后来在一些机缘巧合下，他和奶奶订了终身，组成了家庭……"

她的心智被时间磨砺得早有些混沌了，当下更是纠纠缠缠无法厘清。她站起了身，慢慢地迈着步，踱来踱去，就在几步的距离之间，她突然跌倒了。年轻人赶紧奔过去扶她。她颤巍巍地站起来，轻轻地问年轻人："他们幸福吗？"

年轻人不知以何种表情相对，垂着头不看她，说："爷爷待奶奶很好。可小时候，我经常见他用手心捧着这个荷包。看着天边的月亮说话，有时还会'月兔、月兔'地叫个不停。"

眼泪在她干枯而多皱的脸庞上流淌着，她知道，他心里掂着自己，他口中所说的月兔就是自己。因为她爱哭，他就经常扮兔子耳朵逗她开心，笑她眼睛红红像小兔。又因了她的小名叫月儿，就说她是月宫里的月兔。她想起那双熠熠发光的眼睛盯着自己的样子，想起他说：想她的时候，就看看月亮，因为她是住在月宫里的他的月兔。

她等他，等了一辈子，而他，心里也始终有月兔居住着，这已经足够圆满了。她缓缓地闭上了双眼，脸上露出一丝笑容，像一片羽毛一样往后飘去，身子倒地的瞬间，手臂上的翠玉环发出清脆的撞击声，断成几截，散落了一地。

guī

[归]

It is the tears of the earth that keep here smiles in bloom.

《冒险少年》

多萝西说："没有一个地方可以和家相提并论。"

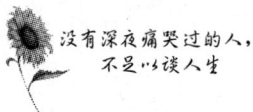

回家

当我离开家一个月的时候，我就开始想家，拼命地想，想回去，想那熟悉的汽车漏油的味道，因为那牵着我的家，我魂牵梦萦的地方。

作为一个在城市里浑浑噩噩地奋斗的乡下青年，回家是一种奢侈。一年到头，也就过年的时候能回去一趟，而且还是比较匆忙的那种。于我而言，家乡好像成了旅馆，那并不属于我的城市，反倒成了我的常驻地。

虽然已经在城里待了好多年，我依然不习惯城市的味道。这里的灯红酒绿，这里的车水马龙，这里的高楼大厦，这里的尔虞我诈，与我的家，与我的故乡截然不同。我没有被城市同化，固执地以自己农民的思维生存着。然而城市默默地影响着我，就像马路上的红绿灯，我必须等待，不然付出的就是死亡的代价。

梦中的家园，那里没有红绿灯，马路是自家的，不用避让，也不担心车流。路上跑的是摩托，还有无数吃草的牛羊。然而这一切对于在城里苟且的我来说，很遥远，遥远得就像生与死。

每天在城市，像一个蚂蚁一样不起眼。从自己蜗居的狗窝爬起来，用家乡几个乡镇的路程赶到上班的地点，开始一天的工作。工作的大部分时间是烦躁的，偶尔还会狂躁。然而为了金钱，一切都化为一声叹息。很多时候自己都在想，这一辈子干点什么呢？就这么过下去吗，有没有可以从事一生的事业？然而理想永远只是想想，干好眼前的工作才是实际。我们离开了乡村，是为了更好地生存，我们唯有努力催眠自己，才不让自己丧失斗志。

很多时候可能会想一下，回去吧，何必生活得这么苦闷。然而我们已经回不去了，我们读书离开了家乡，已经丧失了在家乡生存的技能。我们不会干农活，也不会侍弄庄稼，我们习惯了朝九晚五，我们也吃不了那份苦。我们无法忍受辛苦一年所得就是城里一个月的工资，也无法忍受早已陌生的乡村生活。

家于我是父母，是小时候的记忆，是故乡的思念，也是自己能够坚持的动力。总想有一天能够攒够了钱，回家痛痛快快地生活，围绕田边小路、池塘柳树。城里的我与父母每年只能见一次面，想想真是悲哀，难道这辈子父母生下我来就是为了与我分别？有哪个老人不愿儿女承欢膝下，含饴弄孙。然而城市与乡村的鸿沟分开了我们，一个在这头，一个在那头，互相思念，心生牵挂，仅有的联系就是电话。每次的电话都是千篇一律，你过得好不好，身体怎么样，工作怎么样，天气怎么样，多穿一点，吃好一点，我们身体挺好，我过得挺好的，你早点把对象解决了。每次通话后都是无尽的哀伤和愤怒，恨自己的无能。

更多的是想起小时候无忧无虑的童年，有父母在身边作为自己的靠山，有自己的小伙伴，能做力所能及的农活，能上山砍柴，也能下河捉鱼，还能放牛。一群放牛娃，一大群牛在河滩上吃草，想到这里，就是故乡的味道扑面而来，这就是我的家，我无尽思念的家。

每次过年回家，父母总是提前就询问，确定日期。家里已经杀好了猪，装好了香肠，就等着你回家。到了放假的时候，提拉着早就收拾好的行李，踏上了返程的路。先是飞机，再是汽车，一个客运站转到另一个客运站。这个时候，你看到的是满满的回家的人，接亲的人，大家脸上满满的都是幸福的神色。

当你到家的时候，父母总是淡淡地说回来了啊，但是你能发现他们内心的喜悦，当然你自己早就激动得不能自已，因为这是你的家，你的故乡，你无尽牵挂的地方。父母和你一起聊天的时候，有家长里短，有红白喜事，有国家大事，也有乡野八卦，甚至你不想聊的时候，他们依然和你聊天，你可能不耐烦，但是你回来的日子，就是他们的大日子，因为他们一年到头就只有这么几天和你一起度过的时光。

然而假期总是短暂的，当离别的时刻到来，你总能发现这压抑。可能你这时已经开始想念城市，而忽略了父母的难过，但是当你高兴地上路的时候，你发现，你已经高兴不起来了。因为你发现了你的离愁，一年又一年，这就是我们的轮回，这就是回家的路。

gēn

[根]

It is the tears of the earth that keep here smiles in bloom.

《东京物语》

富子说："东京很大，如果我们走丢了，可能就再也找不到彼此了。"

远方有多远

远方有多远?

乘飞机到航线的尽头，转火车到铁轨的尽头，换汽车到公路的尽头，搭马车到林子的深处——算不算远?

我以为那就是远方，她说不是。

她用明火引燃篝火，从柴垛上采猴头，熬一碗粥，蒸一个粉粟般的面瓜。当然没忘了介绍茅楼的使用方法。

于是，在白桦林深处，一个叫独木河的小村庄，一个地道的东北婆娘，坐在热炕上与我们唠嗑，用杭州话。

二十多年前，一群杭州学生乘了许多个白天和黑夜的车，来到这地方。

如果说这就是远方，那么，她十六岁就到了远方。

如果说与她同去的男孩女孩都清清楚楚地知道远方有多远，那么，只有她不知道。

要是她知道，她怎会在他们一个一个相继离去之前，义无反顾地爱上了一个独木河的小伙子? 尽管他是最优秀的。

其实在当时，她也是最优秀的。在杭州去的学生中，她最先适应了东北的黑土地，黑土地也最先亲近了她。

当时的记者，把最优秀的西子姑娘与最优秀的独木河小伙的照片登在了报上。

她最终没有离开独木河并不是为了这帧照片。当滚滚的返城大潮如春天乌苏里河的冰排般势不可挡时，走，无需理由。结婚的可以离了婚走，有孩子的可以扔下孩子走，一切都顺理成章，都可以被别人原谅。更何况，当时的她还并没有成为独木河的媳妇。

留，却需要理由。几乎所有的人，尤其是爱她的人都一再追问她：为什么？为什么不回家？

她说："我已经答应了他。"

答应算什么？

答应就是一切。

所以后来独木河人送她上师范，条件是毕业后必须回去教独木河的孩子，她也一口答应。

她把希望播在黑土地，黑土地以特有的慷慨回报她。

黑土地赐予她一个红高粱般挺拔的汉子，黑土地又赐予她一个冰雪聪明的儿子，黑土地所有熟识她的人都尊称她一声老师，黑土地盛情款待所有来自她家乡的人，无一例外地叫他们醉。

当后来与孩子一同看电视剧《孽债》时，她暗自庆幸自己当初的选择——在总要失去什么的当口，她留下了最珍贵的。

她替自己留下了最珍贵的，她自己也因此成为东北乡亲心中最珍爱的人之一。直到三十年后的今天，独木河人仍像当初那样宠爱她。在他们看来，她永远是那个来自西子湖畔的秀美的小姑娘。

当她的独生儿子考上杭州大学，她与她的东北汉子到车站为儿子送行，想象得出那情景吗？当车轮滚动时，唏嘘流泪的是他，微笑送别的是她。

他流泪，是因为他这一送就把儿子送到了遥不可及的远方。

她微笑，因为她知道哪儿都是自己的家。

心无着落时，总想将它放牧到远方。

而着陆的心，海角天涯，总在近旁。

yī

[依]

It is the tears of the earth that keep here smiles in bloom.

《花样年华》

周慕云说："如果，我多一张船票，你会不会跟我一起走？"

带我一起回家

在错的时间遇上对的人是一声叹息，在对的时间遇上错的人是一场情伤，在对的时间遇上对的人是一生的幸福。你是幸福的吗?

仓央嘉措的旷世爱情是那样凄美，他的那首"第一最好不相见，如此便可不相恋；第二最好不相知，如此便可不相思；第三最好不相伴，如此便可不相欠……"更是感动了无数红尘中的男女，那么荡气回肠、温柔缠绵，却又是那么的无奈和决绝。难怪有人说：爱上你，只用了一秒；忘记你，却用去了我一生的时间。

确实，爱是世界上最美丽的语言，是个能创造奇迹的伟大字眼。它在必要时能激发成倍的勇气和力量，让人变得无所畏惧，于是艰难时刻都如尘土般不堪一击，灰飞烟灭。

他是一个哑巴，斗大的字不识几个，因为家境不好，也为了糊口，他在村里的一家纸箱厂上班。

十八岁那年，有一天，他骑着自行车进城游玩，繁华的县城让他眼花缭乱、流连忘返，这里看看，那里瞧瞧，时间飞快地过去了。等他想起要回家时，天已经完全黑了。他一下子迷了路，回不去了。

这一走，就是十五年。

在这十五年里，他去过哪些地方，没有人知道，没有人听得懂他叽里咕噜的声音；他吃了多少苦，遭了多少罪，更没有人知道。人们只知道他不停地找啊找，寻找着回家的路。他身上没有什么能标志他的身份和地址的证明，除了一个刻着他名字的印章。然而就是这唯一的印章，也被他在河边洗手时不小心掉到了河水的深处。

就这样，他的记忆越来越模糊，离家的路途越来越遥远。

直到四年前，他遇见了她。

那天，他依旧衣衫褴褛，四处流浪，路人避之唯恐不及。他看到了她，把刀架在了她的脖子上，比划着：帮帮我，我要回家。

如果不帮呢？

那我就自杀。

这哪里是哀求，分明是一种恐吓。

脖子上的刀冰凉得很，眼前的他，眼神里充满了惊慌和绝望。

女孩心里感到一丝寒意，然而她并没有失去理智，更没有惊慌失措。她从他连哭带喊、少有人能懂的哇哇乱叫中听出了悲伤，从他的手势中大略知道了他的悲惨遭遇。

她下定决心要帮他，帮他找到失散已久的亲人，找到久违的家。在别人异样的眼光中，她真的承担起了照顾他的责任。其实，她只是一个在江苏打工的普通女孩，每月收入也就一千块钱左右，不但要维持自己的生活，还要负担他，而且还要四处寻找他的亲人。

女孩美丽善良，假如不是遇上他，她可以找到一个好的男子，结婚生子，过上平静快乐的生活。但她如此义无反顾，只为了一个愿望，就是为哑巴哥哥找到他的家。

女孩甚至找到了媒体，只要听到哪里有消息，她就带着他赶过去，多少次，充满了希望，又多少次，失望的泪水爬满了脸颊。

四年，整整找了四年，换作其他人，恐怕早就没有这份耐心了，而女孩苦苦坚持着。终于，历尽千辛万苦，哑巴男孩曾经工作过的工厂被找到了。一个原先的同事一眼就认出了他，他长高了，长大了，而他却记忆模糊，不敢相信。直到一个老师傅赶来，他一下子从回忆中惊醒，工厂、师傅、家人，一切都是真的。魂牵梦萦的亲情，他真的找到了。他张开了嘴，叫着哭着喊着跳着，脸上鼻涕眼泪一起尽情地流着。

主持人通过女孩问男孩，女孩就要走了，你伤心吗？

男孩笑着摇头：不伤心，她是个好女孩、好朋友。

女孩的脸上分明有一丝落寞一闪而过。她告诉主持人，她只是把他看成一个大哥哥，她帮助他，只是缘于同情。

电视上的男孩非常憨厚地笑着，与家人团聚的喜悦和兴奋包围着他。他可能不知道别离就在眼前。

哑巴男孩的家境已是今非昔比，弟弟早已成为资产雄厚的酒店老板。男孩的家人希望她能成为他家的一员，但女孩说，真的，这一切都与爱情无关。

只是，是什么信念支撑她吃尽了苦、受尽了旁人异样的目光，四年里风里来雨里去，就为了一个素昧平生的哑巴呢？

女孩坐上了出租车，车子缓缓启动。电视画面中是依旧憨厚笑着的男孩，充满了失望和焦虑的父母，还有深感遗憾的主持人。

情急之下，不知道主持人用了什么魔法，打着手势终于让哑巴男孩明白：女孩走了，永远地走了。男孩从懵懂中醒来，疯一般地冲出演播厅，跑到刚刚启动的出租车旁，冲着车中的女孩叽里咕噜地说着什么。他固执地伸手去拉女孩的手，抓住后紧紧地握着，再也不松开。

女孩终于下了车，和男孩紧紧拥抱，携手而去。

féng

[逢]

《小情人》

　　阿捷说：“对我来说，有一件事情是永远不会忘记的，这个有着长长的双辫子，红红的脸颊，水灵灵的大眼睛的女孩，在我的记忆中一点也没有改变过，今后也永远不会改变。”

在相逢的站台告别

列车缓缓地驶入了牡丹江，它将停留十五分钟。

"小——薇！小——薇！"他把半个上身探出窗外，旁若无人地大喊大叫，引得许多目光都惊奇地聚拢过来。很快，一位拎着两个大编织袋的中年妇女，拨开人流朝这边奔来。他赶紧跑下车，伸手接过那两个编织袋，从窗口递给我，然后他们就贴着列车在站台上聊起来。

"还是那么忙？"他看她的眼神有那么一点点的爱怜。

"已经习惯了。"她身材干瘦，额头有明显的皱纹，淡淡的微笑中，透着饱经沧桑的平静。

"你说的那口水井打了吗？"他似乎很了解她那里的情况。

"快了，已经勘探过了，等钱凑齐了就可以动工了。"她兴奋地向他报告。

"差多少钱？我回去想办法帮你筹集，光上课就够你累的了，你别多操心了。"他看见她的手那么粗糙，知道她除了上课，要做的事情太多了。

"还差一半呢。"一抹羞涩浮上脸颊。

"对了，这是你嫂子让我带给你的，不贵，又很滋养皮肤。"他递给她两盒从南京买的护肤霜。

"又让你们破费了。"她嗔怪了一句，"回去代我向嫂子问好，刚才那个编织袋里，有东北的刺五加皮，带回去熬水喝，可以治疗她的偏头疼。那些干菊花，是学生们采晒的，可以泡水喝，清嗓子、提神，还利尿。"

"你总是想得那么细。"

"因为是你啊！"

"因为我？"

"三十年了，多快啊！"

"是的，三十年了。"

短暂的沉默，像两段乐曲中间的一个过渡。

"还记得吗？那次我借你的笔记连夜抄写，不小心把一大杯水全碰洒到笔记上，你那次考了班级的第二名，生气地非说我是别有用心。"

"记得，你只有那一次考了第一。"她有些自豪。

"那时，我特佩服你那股永争第一的劲头。要不是后来你的家庭变故，你肯定能……"他戛然而止。

"我现在也挺好的，呼吸着山里新鲜的空气，吃自己种的绿色蔬菜，工资又长了三十多块钱，还当了校长，虽然学校里只有三个老师。"她轻快的语气中透着满足。

"很高兴，你有这样好的心态。做你的学生，也是一种幸运啊。"他欣然。

"还记得你写过一首诗，叫《山里的孩子》，我的学生也有好几个写诗的，可惜我指导不上去，等下次你再路过时，我给你带来，你帮我指导一下吧。"

"你也写过诗呢，在你的日记本上。"

"那些分行的东西不能算是诗。哦，你是怎么知道的？难道你偷看了我的日记？"她奇怪地盯着他的眼睛。

"或许是你当初送给我看的吧？"他含糊其辞。

又是片刻的沉默。夕阳温和地映着他们宁静的面庞。

"回去买一个手机卡吧，要单向收费的，省得给你打电话，总是那么不方便。"

"这回听你的，一会儿路过县城时就买，信息时代了，不能太落伍了。"

她笑了，露出并不白净的牙。

"别太累了，得学会心疼自己。"他轻柔地提醒。

"你也一样，少熬夜写作，少上网，别累着眼睛。对了，有个朋友还送给我两瓶熊胆酒，说是有明目的功能，走得太急了，忘给你拿来了，真遗憾。"

"幸好是临时通知你，要不然，你还不得把山里的好东西都给我背来啊！"

"还有，我临来前煮了你最爱吃的青苞米，就放在那个编织袋的最上面，刚才我还摸了，热乎着呢，待会儿上车就赶紧吃吧。"她叮嘱道。

"你回吧，过两年退休了，我会来看你的。"他眼睛有些湿润，转身上车。

"一路平安！"她冲他挥手，风撩起她碎格的小衫。像是眼睛被突然迷进了微尘，她转过身去用手背不停地揉着。

列车启动了。他的目光追着她身影，直到看不见了，仍朝车后眺望。

他与她在相逢的站台上告别。他们没有亲热的拥抱，甚至没有简单的握手，两个很知心的人，从始至终只有断断续续的对话，朴素得像两个熟稔的老乡，把彼此浓浓的情思，全都融进了那一句句的平淡之中。像一篇质朴的散文里随意剪下的几个片断，不事雕琢的美丽，像极了车窗外那些大自然随手涂抹的风景。

第四章

我的心底曾住过一只野兽

因为爱，我才成了如今的模样。
我放走了野兽，努力成长，
殊不知他们却因我而伤，
奔腾的青春恣意飞扬，
除了父母，谁又肯用爱细心教养？
躁动才像野兽在心里躲藏，
许是那时太青葱，

dǒng

[懂]

Love me little, love me long,
Is the burden of my song.

《魔戒2》

山姆·甘姆齐说："这世界上一定存在着某些美好，值得我们为之坚持到底！"

就在这个温暖的晚上

人家说"三搬一火",搬三次家就等于失火一次。我们家才第二次搬家,就有很多东西不见了。前天晚上,妈妈问我有没有看见一个铁质点心盒。

我一边整理漫画一边说着,我看到了就给你。妈妈却一再叮嘱我,仿佛那是一个什么宝贝似的。

妈妈经营着一家服装店,专门卖女孩子穿的衣服。她经常把店里的衣服拿回家来给我穿。家里并不宽裕,爸爸去世得早,这个家完全靠妈妈那不到十平方米的小店来维持。可正处于青春叛逆末期的我却总是鄙夷地看着她手中的翻版货。

一直到十七岁,我还对自己的身世抱有幻想:我希望我不是她亲生的。我的亲生父母应该是在报纸上能看见名字的富豪,由于一些很特殊的原因把我寄养在我妈妈家,然后会在我成年前找到我,给我一张天文数字的支票,弥补这些年对我的亏欠……

妈妈没有什么爱好,只是喜欢吃甜味的点心,尤其是巧克力,但最常买的却是廉价的松饼和便宜的龙须酥。我十八岁生日那天,用自己假期打工赚来的钱为她买了整整三百块钱的德芙巧克力,还假装很淡然地对她说:够你吃一阵子的了。其实那不过是我看到镜子里和她越来越像的面容后,对那些不切实际的身世幻想彻底死心了而已。可妈妈却感动得抱着我哭了许久,我恍然发现，那带着泪痕的面容已经风华不再。

晚上在清理旧杂志时，我发现了妈妈说的那个盒子。红色的外壳已经有些生锈，上面还用银色的丝带系着，打了个很漂亮的蝴蝶结。打开盖子，里面散发出一股淡淡的巧克力味来，最上面一层，是数张德芙巧克力的包装纸。拨开糖纸，下面是许多张用便条纸写的小纸条。

"我明天去进货，桌上的钱你拿去春游。记住千万不要乱吃东西，烧烤也不要吃。"

"给你买了新鞋子，在你床下的盒子里。按照你说的牌子买的，这次一定没错。"

"后天你生日，想吃点什么告诉我，我去买。今年你十八岁了，多叫几个同学来庆祝吧。我又要进货去了，提前祝你生日快乐。"

……

原来全是我和妈妈这些年贴在冰箱上面的便条。常年的寄宿生活，我们都是用便条来交流。这些我早就忘了，不想妈妈却认真地把每一张都收集起来。

看完所有的便条，才发现妈妈所有的留言都有那么多琐碎的事情要叮嘱。可我的留言全部只有短短的一句，都是我任性的要求，却从未问过她怎样，她需要什么。她一定也生过病，也有心情不好的时候，可这些我完全不知道。

我端着点心盒子去她的房间，里面开着淡黄色的灯，可她已经伏在枕头上睡着了。

我轻手轻脚走到她身边，帮她盖上毯子关上灯。点心盒子就放在她的床头柜上，她明天起床就会发现。如果她打开来看，会看到我在里面放了一张心形的卡片，上面是一句我还从来没有对她说过的话：妈妈，我爱你！

就在这个温暖的晚上，我将彻底告别叛逆期。

xīn

[心]

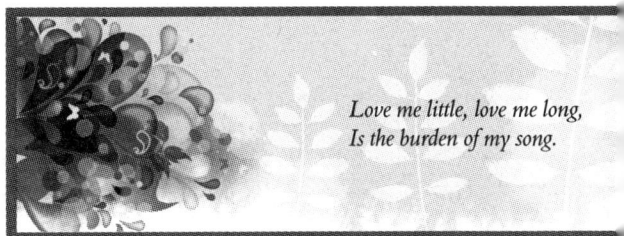

　　龙应台说："父母亲，对于一个二十岁的人而言，恐怕就像一栋旧房子：你住在它里面，它为你遮风挡雨，给你温暖和安全，但是房子就是房子，你不会和房子去说话，去沟通，去体贴它、讨好它。搬家具时碰破了一个墙角，你也不会去说'对不起'。"

刀子嘴，碧玉心

如果说父亲是男人最温柔的名字，那么母亲就是女人最坚强的名字。

她三十四岁的时候离了婚，从此成为我和妹妹眼中的男人婆，大着嗓门和建筑工地上的男人们说笑或是对骂，衣服也是捡父亲留下来的穿。我去灰突突的工地上找她，常常费很大的工夫都无法将她从一堆满身泥浆的男人里辨认出来。每每都是她眼尖，很远地瞥见了我，声嘶力竭地高叫："死丫头，又跑来找老娘讨钱花了么？"一群人便哈哈大笑，她也跟着笑到皱纹像那石灰末似的覆了满脸。所以我讨厌这时候的她，觉得她是那么可悲，一个不过是少妇的女人，却被生活的重担一下子将性别粉碎掉了。而在此之前，她甚至喜欢给自己的衣服上绣只呼之欲出的蝴蝶。

那一年她遭受的打击，几乎是一连串地到来。先是她养得肥肥胖胖的几窝兔子，原因不明地突然全部死掉。而后便是姥姥一下子瘫了，不仅无法在家里帮她照料家务，反而连吃饭、穿衣、洗刷之类的琐事都要靠别人来完成。她常常一边给姥姥端着尿盆，一边被门外的男人们催：还不去工地干活儿，小心去晚了今天又白干！而五岁的妹妹，也因为没人给她穿衣服，躺在床上哭得喘不过气来。这样那样琐碎的烦恼，像空气一样，无处不在。她就是这时候开始学会骂人的，一点鸡毛蒜皮的小事，都会让她心中的怒火，一触即燃。

有一次，她正站在小巷口神采飞扬地骂着，突然走过来一个西装革履的帅气男人，冲她问道："大嫂，您知道蓝美家住哪里吗？"这句话像一个晴天霹雳，一下子将她震哑了。她被太阳晒得粗糙干涩的脸，红了又白，白了又紫。最后，一个邻居阿姨走过来，说："蓝美，你妈估计又尿床了，喊你这么长时间了，你没听见吗？"她突然在这句话里醒过来，疯了似的跑回家，"砰"的一声将门关上，再不敢踏出半步。我从平房上看见那个男人，呆愣了很长时间，而后叹口气，转身走开了。那天晚上，她翻箱倒柜地找东西，很执着地找，要把家翻个底朝天似的。最后，她终于在看到一张发黄的照片时，停了下来。照片上的男人，正是白天问路的那个叔叔，而羞涩地倚在他身边的，却是一个完全陌生的美丽女孩。我很好奇地问她："这个漂亮姐姐是谁啊，真好看。"没曾想，她狠狠地一巴掌打过来，说："你这忘恩负义的家伙，连老娘都不认识了！"

后来才知道那个男人是她的初恋。他们曾经有过一段浪漫的时光，可是因为男人举家搬离了小镇，这段纯美的初恋也无疾而终。谁也想不到当他们再相遇，却是以这样一种尴尬难堪，让她对生命绝望的方式。

她自此便成为一个完全没有性别的人。也很少再有人来给她提亲，大家几乎忘记了她不过是一个三十多岁的年轻母亲，与其他女人一样需要一个男人，来给她支撑和呵护。

父亲组成了新的家庭之后，她就不准我们再去找他。每次要生活费，都是她亲自上门去讨。有时候讨不回，她就站在门口骂，直骂到父亲抵不住左邻右舍的指点，将拖了半年的生活费甩给她。她总是将散落了一地的钱，一张张地捡起来，数好了，这才骄傲地白一眼紧闭的门，快乐地走开去。她永远都不跟钱结仇，她是这样说的，也是这样做给每一个人看的。冬天她卖糖炒栗子，有路痞抓了栗子不给钱就走，她用黑糊糊的手拽住路痞的胳膊，死活都不松开。路痞一脸的厌恶，只好将钱扔下，记起自己衣服上的污痕，又愤愤不平地踩两脚，这才转身走掉。她开心地掸落钱上的灰尘，宝贝似的揣进衣兜里，又高声叫卖开了。

但那时的我，已经是一个爱面子的女孩，每次走过菜市场，看见她为了一毛的零头，跟人家争得不可开交，便常常脸红，抱了书包就飞快地跑回家去，全然忘了来找她的目的是为了讨要拖欠的学费。她也敏感，看见我要逃掉的时候，就会当众喊我，让我完全地暴露在大庭广众之下，无处可躲。有一次，被一群男生们窥见，他们嘻嘻哈哈地看着站在我身旁的她，眼里满是同情和嘲弄。甚至有一个男生嬉笑着探过头来，小声道："你妈真厉害呵！"我的心蓦地一痛，将手中的书本砸过去，他们哄堂大笑起来，而我却蹲在地上无声地哭了。

这样的羞耻，一直持续到我终于可以远离小镇，到上海去读大学。记得去读大学的前一晚，我心里欢天喜地。她坐在一旁，看我哼着小曲儿收拾东西，一言不发。妹妹心直口快，见我喜气洋洋的，说："姐姐，我要是现在也能和你一样，去大城市里读大学就好了。"我拍拍她的脑袋，说："那就好好学习吧，过不了两年，你也可以和姐姐一样高飞啦！"一直默不作声的她，听到这句话，突然发了怒，朝着妹妹吼道："你不准再飞这么远，以后在省城读大学就行了！我早看出来了，你们两个和你爸一样，都是没有良心的家伙；你们要有我对你们姥姥一半的好，我这辈子就是积了德了！"

骂完了她便哭着去了姥姥的房间。我站在门口，听见里面的哭声，很长时间，都没有停止。姥姥已经听不见也看不见了，她的哭泣，第一次，让我感觉到无助和孤单。

走的时候，只有妹妹提了箱子去送我。她正在给大小便失禁的姥姥洗换下来的衣服。我走过去跟她道别，她连身也没有转，就冷冷道："赶紧去赶你的火车，别在这里碍我事！"她一向都是这样刀子割人似的说话，我以为这次我依然不会介意，可是，站在她身后的我，还是无声无息地哭了。我是多么希望她能像别人的母亲一样，依依不舍地抱抱我啊！哪怕，什么也不说，只是倚门看着我走，也好。

我最后一次帮姥姥梳头，洗脸，将鸡蛋弄碎了，一点点地喂给她吃；在她不小心呛了我一脸鸡蛋碎末的时候，突然有一丝的烦乱，想，人老了，原是如此的麻烦。而后我便一下子想起，她，这样日复一日地，已坚持了十年。那些曾让我不屑的唠叨和抱怨，比起这琐碎无边的生活，原本是那样的渺小又苍白。

读了大学的我很少回家。假期的时候，也找了各式的理由，留在学校里。电话里也是说不了几句，彼此就再无话，只好挂掉。信也基本是寄给妹妹，知道她识字不多，又特意嘱咐，不必念给她听，只代我问好就可。妹妹写来信说，可是姐姐，每次听见她在姥姥面前絮絮叨叨地骂你，为什么我总是觉得，她是那么的想你？你下次在家里多待一些时间吧，还有，你说的那个男朋友，记得什么时候带回来给她看看呢。

终于下定决心将男友带回去给她看的时候，已是临近毕业。提前打了电话给她，说我交了朋友，上海人，记得腾出的床上给他加层褥子，他睡不惯北方的硬板床的。她淡淡地丢给我一句："睡不惯带回来干什么？你们自己在学校里过幸福的小日子多好！"我知道她生气了，也不愿跟她计较，只希望，她能听懂我的暗示，其实，我只希望，她能够让他习惯，就足够了。

已是半年多没有回家，小镇到处都在施工。行至一个拐角处，突然听到有人高喊我的小名："吉吉，吉吉！"四处张望，便看到戴了安全帽的她，正穿了雨靴，站在一个不断往外溢水的泥坑里，一盆盆地往外舀水，许多的男人，倒背着手，在一旁看，没有一个人上去帮帮已是汗流浃背的她。那一刻，所有人都只当她是个能干活儿的男人，而我，却因了男友，清晰地意识到，她作为一个女人，是多么的让人失望。

我正在犹豫的时候，她已跳上来，继续喊："吉吉，有了男朋友就不认识妈了么？"男友听不懂方言，但他还是略微皱了皱眉，道："这是你家亲戚吗？"我沉默了片刻，在她走近的时候，才小声说："这是我妈，一个为了挣钱供我们读书，什么脏活都做的女人。"

男友在的几天里，她没有任何的收敛，照例像往昔一样，粗声大嗓地和我们说话；吃饭的时候，像个男人，发出很响的声音；一句话说不投机，就和邻居们吵嚷起来；问男友话的时候，像在审讯犯人。原本打算在家好好陪她的我，再一次对这样凌乱不堪的生活失望。才一个星期，我便一脸厌倦地告诉她，我们要赶回去参加毕业招聘了。

她没有任何的留恋和不舍，似乎早就知道，我这次回来，还会匆匆地离开。最后一顿饭，她破例没去工地，留下来做了满桌丰盛的菜，又一个人躲在厨房里包水饺，不让我们任何人过去烦她。吃饭的时候，也不说话，只是不断地夹菜给男友。一碗水饺吃到最后一个的时候，她突然哭了。三个人都不知怎么去劝她，是她自己慢慢平息下来，吐出嘴里的一个石榴籽，说："你们走吧，去哪儿都可以，只要别忘了，这小镇上还有你妈就好。"

再没有见过哪个女人，像她一样坚强又脆弱，用这样的方式，执拗地劝服着自己，接受命运带给她的一切。第一次，我走到她的身后去，犹豫又陌生地，将她环拥住。这个一生都不肯向任何人服输的女人，轻轻挣扎了一下，终于用温柔的哭泣，接受我们都曾经拒绝的温情。

这样的拥抱，我和她都渴盼了那么久。

huān

[欢]

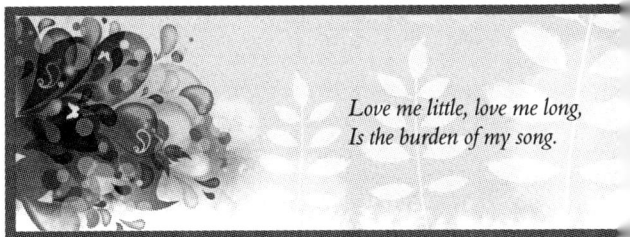

Love me little, love me long,
Is the burden of my song.

《美丽心灵》

小约翰·福布斯·纳什说："我试图一生用逻辑证明一切，但有一种东西是逻辑无法证明的——那就是爱。"

你问我爱你有多深

一

她七岁才来到我身边，爷爷奶奶年纪大了，越来越管不了她。据说她小小年纪却顽劣异常。今天打碎别人窗子，明天一准踢坏人家门框，午睡时间总是把身边的小朋友掐得哇哇哭，晚上拿支牙刷和鞋油追着院子里的孩子们擦鞋，一双五毛，谁不刷就打……

我已经很久不见她了，她来那天我专程去买了一个漂亮的洋娃娃。回到家的时候是傍晚，冬天的夜来得早，黑糊糊的小区花园里有几个孩子在玩耍，像是起了什么争执，一个大孩子和一个小孩子动起手来，小孩子个小力弱，没几下就被打倒在地，却很固执，几次三番地爬起来继续打，我正要上前制止，突然听到小孩子恶狠狠地说："我告诉你，你马上向我道歉，我爸是黑社会老大，你信不信今晚你全家都得遭殃！"

那大孩子吓了一跳，我也吓了一跳。那大孩子犹豫着从口袋里掏出五毛钱递给小孩子，那小孩子得意地哼一声，昂着头就走。

我注意到他跟我进的是同一幢楼，不由得起了好奇之心，谁家的孩子，这么嚣张！

刚到三楼，就碰到我父亲下楼来，看到我们就愣了一下，"咦，你们父女俩咋碰到一块了？小丫，你看你那副脏样！"

我的脑子嗡了一下。抬起头来，正看到他，不，应该是她，用狐疑的眼神打量着我。

头发短短的，小脸脏兮兮的，牛仔裤上不知道为什么那么多小破洞，小白靴子大概是自己刷的，一块黑一块白。

我一把拎起她，直奔六楼，一进门就把她扔沙发上，吼："你爸是黑社会？啊？谁教你的？你要别人的钱干吗？你没吃还是没穿啊？一个女孩子家，还打架！像什么话！"

她一点也不害怕，无所谓地盯着电视看。

父亲扯扯我，轻声说："别吓坏了孩子。"我哼一声："她胆子比天大，会吓得坏？"她站起来就往餐厅走，旁若无人地端起碗开始吃东西。我更是气恼，走过去抢过她的碗，顺手扭她耳朵，继续吼："去房间反省，认识错误了才能吃饭！"突然她抬起脚来，狠狠地冲我膝盖踢了一脚，目光愤怒，语气激烈："谁也别想欺负我！"我呆了一下，松了手，她趁机跑进房里，大力关上门。她硬是没再出来吃东西，父亲去哄了半天，她仍是不肯。父亲无奈地摇摇头，说："和你小时候一样倔。"

晚上我进去看她，她已经睡着了，鞋也没脱，眼角还有泪水。我把洋娃娃轻轻地搁在了她枕边。

清晨起来，发现洋娃娃被扔在了垃圾桶里，衣服也被剪得破烂不堪。

二

心里对她不是没有愧疚，但一直自我安慰着，钱上从来不会少了她的，她不愁吃不愁穿，就很好了。

突然间看到了她，心骤然紧缩成一团，非常疼。她比我预想中长得矮些，异常瘦削，脸色苍白。吃饭的时候我忍不住偷偷打量她，眉毛很浓，像她妈。

我没法子喜欢她，因为她的出生，我的妻子失去了生命，而祸不单行，同一时刻，我被朋友出卖了，致使我的公司濒临破产。

我把她视作罪魁祸首，我生命中的灾星！于是任父母带她到乡下，几个月才勉强去探望一次。算一算，我抱过她的次数，总共不超过十次。一转眼，就七年。

她从来不正眼看我，不叫我爸。不不不，她根本不会主动与我说话。小小年纪，竟然显出异样成熟的冷淡来。她很疼她爷爷，坐上餐桌，第一筷总是帮她爷爷夹的；坐在沙发上看电视，她就主动帮爷爷捶背；吃完晚饭，像模像样地拿起晚报，奶声奶气地给爷爷读新闻；每次一调皮，爷爷的脸还没板起来，她已经讨好着跑过去撒娇："爷爷最好，爷爷最疼小丫啦！"我还听到她给她奶奶打电话，声音稚嫩，语气却老道："你一个人在家，要自己照顾自己，要注意安全哦！过马路要看车，懂不懂！"

心里有点酸溜溜的味道。看到她吃柑橘，只嚼汁，剩下的渣全吐到桌子上，瞪了眼睛就喝道："怎么吃东西的，这么浪费！"她像是没听见，照吃不误。

心头火起，声音大起来："说你呢，听到了没？你再这样，看我不揍你！"

她一扬头，皱着眉看我，硬邦邦地说："不要你管！我爱这样，关你什么事？"

空气僵住了，我们俩的目光凶狠地交织在一起。父亲出来打圆场："走，小丫，咱院子里玩去。走啦！"

她乖乖地牵了爷爷的手，我眼尖，看到她小手上全是橘子汁液，没好气地说："手那么脏，牵什么牵！"

她毫不服软，回敬道："我的手再脏，爷爷也喜欢牵我！"

她挑衅地看着我，我想发作，可突然哑了口。她应该还不知道什么叫绵里藏针吧，可这话，为什么让我的心像针扎般那么疼。

两天后，父亲要回老家。临走时要求我，不能让她在学校寄宿，要不然就把她带回乡下，再苦再累也自己带着。

我听出来父亲话里的责备，心中赧然。趁她去买酸奶，父亲又说："孩子的心最简单，谁疼她谁不疼她，她都知道。"

她回来了，把手里的酸奶递给父亲，让他路上喝。父亲摆手说不用，让她留着自己喝。她说："您喝一口。"父亲拗不过，就着她的手喝一口。她眨着眼睛，板起脸假装不高兴："您喝过的，您自己喝了。我才不喝你的口水！"

父亲就笑了，亲了她一下，拿着酸奶上了车。

车子启动了，她突然大叫一声："爷爷！"跟着车子跑起来。我吃了一惊，赶紧追上去，一把扯住她。她狂叫着，使劲地挣扎，父亲站了起来，贴在车窗上的脸，老泪纵横。

车子驶出了我们的视线，她放声大哭。我蹲下去哄她，她依然哭闹不止，我只好强行拉着她走。她突然俯下头，狠狠地在我手背上咬了一口。

晚上她固执地不肯上床去睡。看着手背上的咬痕，再看看一脸执拗的她，我头痛欲裂。

最后两个人都在沙发上睡着了。清晨醒来时，发现她端正地坐在小凳子上，表情严肃，自己梳的头发，有点乱，背好了书包。我的手边，搁着一张创可贴。

我心头突地一暖，从此后，就不再是一个人生活了。

三

请了个钟点工，负责洗衣做饭打扫卫生，我负责早晚接送她。一段时间过去，倒也适应下来。晚上若要出门，给她准备好动画碟片，她也不吵不闹。

事实上，自从父亲走后，她倒乖顺起来，我说的话她基本都听了，虽然，还是不肯叫我。

我的公司渐渐走上正轨，更多的人得知我身边有个她，都劝我给她找个妈，总是说小孩子没妈哪里行。

说多了我也忍不住心动，余暇时就去交友会之类的活动晃晃，朋友们介绍的人也挺多。都是些漂亮能干的女人，穿着谈吐都很有品味。其中有一个叫谭娜的，与我特别投缘。她经历过一场失败的婚姻，没有孩子，答应我会像母亲一样照顾她、爱她。

我的约会多起来，只好给她买越来越多的动画片。一个周末的晚上，和谭娜说好去看电影，途中接到个陌生电话，电话里的女人气势汹汹地对我说，她把一个男同学打得鼻子流血了。

我掉头回家，太匆忙了，上楼时崴了一下，顾不得疼痛，一进门就叫：

"赵小丫！赵小丫！"

她从沙发上站起来，我想也不想，挥手就是一巴掌，吼："不想读书就不要读了，你成天除了惹是生非还能干吗？"

她的小脸顿时肿起来，我马上就后悔了，又不愿让步，只好继续吼："你看看你，有哪点……"

突然有人狠狠地推了我一把，我回过头，看到一个陌生的女子，正横着眉看我："你是赵小丫的父亲？"我点点头，她立刻提高了声音："哪有你这样做父亲的，不问个青红皂白就打孩子？"我皱皱眉，问："你谁啊？"

女子突然冷笑道："我是赵小丫的班主任。"我有点懵："我记得她的班主任是个男的，什么时候换女的了？"女子继续冷笑："看看，连孩子的班主任换了都不知道，你关心过你的孩子吗？这么晚了，你去哪了，把孩子一个人丢在家里，你知道她才多少岁？要不要我提醒你？她才七岁！你怎么可以把她一个人扔在家里！"

女子牵起她的手，说："小丫，跟老师走！"

我眼睁睁地看着她俩走出门，半晌才回过神来，一瘸一拐地赶上前去叫："喂！喂喂！"

她们一块站住了脚步。我想说话，却又突然不知道说些什么。她回过头来，突然轻轻挣开了老师的手，小跑着来到我身边，然后说："老师你回去吧。我在家陪我爸爸。我爷爷说了，我爸爸一个人，很孤单的。"

这是我第一次从她嘴里听到"爸爸"这个词。她主动牵住了我的手，月光清冷，我的泪哗地流淌下来。

她托住我的胳膊，老气横秋地批评我："你怎么搞的，年纪这么大了走路也不小心点！"

我咧咧嘴，想笑，眼睛却又一次湿润了。我很认真地跟她道了歉，我向她保证，从此以后，我只会爱她疼她，永远也不会再打。她好像相信了，问我："那么我就不是没人要的野孩子了，是吗？"我的心狠狠地抽了一下，说："谁说你是没人要的野孩子了？"她迅速地答道："那个陈小康啊！他最喜欢骂我是没人要的野孩子，今天他又骂了我三次，所以我把他的鼻子打出血了。"

我看着她，微笑了，向她竖起大拇指："小丫，你做得对！下次再有人敢这样骂你，继续打！"

她有点怀疑地看着我，慢慢就放心地笑了。

我们挤在沙发上看电视到深夜，她睡着了，我把她抱在怀里，越抱越舍不得放手，我从来没有这样抱过她啊，原来抱着她的感觉是那么温暖。

把她放到床上时，发现她的眼睫毛忽闪忽闪的，原来她在装睡。

我觉得我自己不像个男人了，这一天之中，我的眼角不知道是第几次湿润了。

四

渐渐地，吃饭应酬带着她，她总是在我喝过三杯之后，踢我的脚警告我，不能再喝了。再喝，她就站起来，横着眉瞪我，自作主张地对客人说："我爸不能再喝了，因为他还要照顾我。"客人们就笑，顺势放过了我。

我和谭娜约会，也要带着她。她皱着眉抗议，说谭娜阿姨会不高兴。谭娜阿姨果然不太高兴，我看到她主动去牵谭娜的手，谭娜却一脸嫌恶地避开了她。可她告诉我，谭娜阿姨说了，很喜欢她。我摸着她的头发，心酸。我说："小丫是不是特别想要一个妈妈？"她想了想说："你想要就要吧！我不要紧的，真的。"

我没有再跟谭娜见面，我决定一心一意地只爱她一个女子。

我们晚上总是一块上床睡觉，说好了一个人讲三个故事。她喜欢耍赖，批评我的第三个故事讲得不够好，不是声音里没有感情就是普通话太不标准，因此，我得继续讲第四个或者第五个，然后在第四个或者第五个故事里满意地睡着了。

她不许我抽烟，因为她害怕我会得癌症。她说："老赵，你不能死。你要养我一辈子。"

这话真够老气横秋的，不像一个九岁孩子说的话。呵，时间过得真快，她到我身边已经一年多。除了那一天，我再没听她叫过我爸爸。她叫我老赵，我只好叫她小赵，彼此都没意见。

我渐渐习惯了听她的话，不吃太多肥肉，早睡早起，有空就跑跑步，去郊外爬爬山，体育馆里打打球。一星期只能打一次麻将，一次不超过两小时。她要我给我的父母写信，告诉他们我很好，至少半个月写一封。因为她说，以后她长大了，如果不在我身边，她也会给我写信。她得意地看着我："要不然你会想死我的，是不是老赵？"

我只好说是。

我们两一块伏在桌子上写信，我偷偷凑过去看她的，她正好写道："最近你们的儿子挺乖……"我轻轻咳嗽一声，她掉过头来看我："革命尚未成功，同志仍需努力！"我失笑："革啥子命啊。"她仔细打量我，点点头说："唔，虽然老点，但还是蛮帅的。"

她嘻嘻地笑，问我："喂老赵，你是不是很爱我？"我摸摸她的额头，说："这孩子今天这是怎么了，尽说些奇怪的话。"她继续问："喂老赵，你爱我有多深？"她摇着我的胳膊，威胁着说："认真回答哦，不然晚上不给你讲故事。"

这小孩，什么时候给我讲故事来着？我想了想，说："有多深啊，我没想过哦，但是肯定比海水深，比你所能想象的深度更深。"

她笑了，小脸红彤彤的，表情很欣慰："咄！老赵你真恶心！"她凑到我耳边，"既然这样，我就放心了。那么我给你介绍个女朋友吧。我跟我们老师说好了，今天要到家里来家访，而且今晚要在家里吃晚饭，你知道的啊，我们老师很漂亮的，人也非常好，你得好好表现表现！别丢我的脸！"

我一口茶水喷了出来，她跑去看墙上的挂钟，嚷："老赵，走走走，快点，咱们去买菜！"

她拉着我的手上菜市场，碰到了女同学，两个小女孩挨近了说悄悄话，我听到她说："诺，那是我爸，是不是很有风度……"

我假装抬头看看天色，嘴角却怎么忍也忍不住，直往两边咧去……

xiǎng

[想]

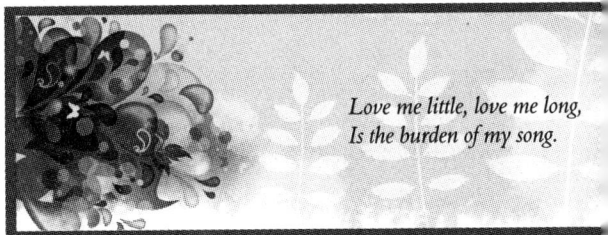

Love me little, love me long,
Is the burden of my song.

《活着》

家珍说："我就这一个女儿了，大夫，就这一个女儿了。"

别辜负了一把牙刷

当父母老了，不再工作了，身手不那么麻利了，腿脚也不那么利索了，请一定住得离他们近一点，常回家看看，想你的时候也不用山山水水地跑来，因为对他们来说，你已经是他们的全部了。

也许是独生子女的关系，她从小任性倔强。上初中时，有一次因为考试作弊，妈妈当着上门"告状"的老师，扬手给了她一耳光，她咬紧牙关不让眼泪掉出来。半夜趁父母熟睡，她留书出走，毫不留恋地说："你居然当着外人面打我，不顾忌我的尊严，不照顾我的感受，我也不想再看见你。"晨曦中，妈妈推醒了睡在铺满露水的天台上的她。她睁开惺忪的眼睛，却看见妈妈布满血丝的双眼，心中窃喜着："妈肯定找了我一夜，活该，谁让你打我！"

二十五岁那年，她爱上了有妇之夫。妈妈苦口婆心地劝她不要破坏别人的家庭，见她冥顽不灵，妈妈动怒地喊："如果你固执己见，你就滚出去，我就当没生过这个女儿！"任性的她果真冲出家门，第二天再潜回家，搬空她所有的衣物、书本，连一把牙刷都没忘记带走。

为了和情人厮守，她连家都不要了。男人见她如此认真，也慌了神，支支吾吾地劝她："你还年轻，我给不了你什么，你还是回去跟你妈妈认个错吧。"妈妈果然说中了，这个男人压根没打算给她未来，羞愤与难堪令她不知如何面对妈妈，索性在外面租了间单身公寓，开始一个人的生活。

从她冲出家门的一霎，她的妈妈就时刻关注着她的消息。从她的朋友处得知她失恋的消息，妈妈三番五次打电话央求她回家。她任性地说："我既然出了家门，就不打算回去了，你就让我学习一下独立吧。"其实她早已不生妈妈的气，她只是气自己，气自己轻率，气自己糊涂，气自己为了一个烂人伤了妈妈的心，以至于无颜回家。

她生日那天，妈妈张罗了一桌她爱吃的饭菜，叮嘱她早点回家。晚餐后，一家人围坐在沙发上，喝茶聊天，亲密如从前，谁也没有提起她的前男友，仿佛他从来不曾存在过，而她也从来没有负气离家过。无意中瞥见挂钟的时针落在"十二点"位置，她起身为难地说："爸，妈，我该回去了，你们也早点休息。"妈妈拉住她的手，不容反驳地命令："一个女孩那么晚出门不安全，我们也不放心，今晚就在家住！"

不容她反驳，爸爸自顾自地进房间替她铺床，妈妈翻找出一把全新的电动牙刷塞到她手中："还剩一把新牙刷，毛巾你就凑合着用我的吧。"她手足无措地呆站在一旁，看着父母为她的留宿忙作一团，恍惚间心中涌上小小的失落。曾经养育她二十五年的家不再属于她了，这里没有她的日用品，她也搞不清自己的床单枕套置身何处——现在她真的像个客人了。

认床的她，已无法在昔日的旧床上安稳入睡。翌日清早，她早早地赶去上班，临行前隔着房门告诉妈妈："今晚下班我直接回公寓，不过来住了。"公寓虽是租来的，却更像是她的家，至少她清楚每件物品的摆放位置，也能够在那张廉价的床垫上呼呼大睡。此后，她每次回父母家，都特别留意时间，总要赶在十点左右的"安全时间"内匆匆告辞。妈妈几次想开口挽留她，见她坚决要走，便咽下请求。而她，总在父母关上门后，心安理得地自我安慰："住在这里太不方便，又睡不好，我尽量多回家陪他们就够了。"

周五她在父母家，追完电视剧的大结局，已是夜晚十一点。妈妈说："明天周末，你干脆在这住，明天在家多玩一天。"她笑说："算了，我连换洗衣服都没有，我明天换身干净衣服再过来吧。"见她执意要走，妈妈开玩笑说："你那把牙刷拆开两个月了，你才用过一次，白白辜负了一把好牙刷。"她怔住了，心中如同被电流敲击一般刺痛。

一把用过的牙刷也会因她而寂寞空等多日，那么疼爱她的父母，眼巴巴地数着日子盼着她回家，该有多难过？一把牙刷尚且需要她每日沾水摩擦的抚慰，日渐老去的双亲呢？能够见女儿一面，听见女儿的声音，爱怜地旁观她吃掉一桌冒着热气的饭菜，也是父母最大的宽慰了。牙刷会因为受冷落而越变越硬，被她疏忽的爸妈在空等的日子是不是也和牙刷一样渐渐失去了生机呢？望着母亲已然灰白的鬓角，她自责地想："一把牙刷尚且不能被辜负，我却辜负了爸妈多少天的期待。"为人父母者，不过渴望一家人平安相守，而她，岂止辜负了一把牙刷？父母这么多年的养育之恩，都被她白白辜负了。她除下鞋，回到养育她二十多年的家中，迎着妈妈期待的目光，轻声问："妈，我搬回来住，您说好吗？"

Love me little, love me long,
Is the burden of my song.

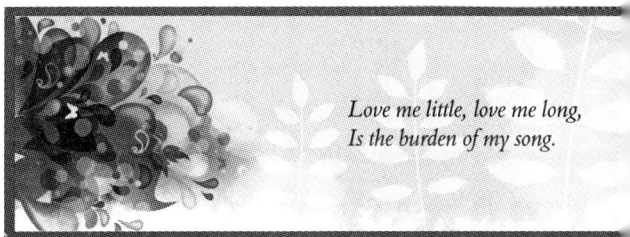

　　席慕蓉说："在那一刹那里，我才
发现，原来，原来世间的所有的母亲都
是这样容易受骗和容易满足的啊！在那
一刹那里，我不禁流下泪来。"

三件往事

他是在乡下长大的。母亲是土生土长的乡下人，没什么文化，但没文化的母亲对孩子的爱，并不比别的母亲少几分；相反，正是她那"特别"的爱，让他一生刻骨铭心。

外祖母有一对很漂亮的银手镯，后来给了母亲和大姨一人一只，但他从未见母亲戴过。

高三那年的一个周末，母亲第一次搭别人的车，来到县城一中，在递给他两罐咸菜后，又兴奋地塞给他一盒包装得挺漂亮的营养液。

他惊讶地问母亲："咱家那么困难，买它干什么？"

母亲说："听人家说，这东西补脑子，喝了它，准能考上大学。"

他摩挲着那盒营养液，嗔怪道："那么贵的，您又借钱了吧？"

母亲很轻松地说道："用手镯换的，留着它也没大用，只要你能考上大学，比什么都重要。"

"可是，那是您最宝贵的东西啊！"他知道那只银手镯是外祖母留给母亲的结婚礼物，是他读高中以前母亲最贵重的东西了，一直压在箱底。

"别'可是'了，好好学习，妈妈就高兴了。"母亲微笑着。

母亲走后，他打开一小瓶营养液，慢慢地喝下了那浑浊的液体。没想到，当天晚上，他便肚子疼得被同学们送进了医院。原来母亲带来的那盒营养液，是伪劣产品。回到学校，他把它全扔了。

后来，当他接到大学录取通知书时，母亲欣然道："那盒营养液还真不白喝呢，当初你爸爸还怕人家骗咱呢。"

他使劲地点头，心里像被什么东西哽住了。

炎炎夏日的一天，正在大学读书的他，急匆匆赶到邮局取邮包。

未及打开那个包裹得很结实的小纸壳盒子，一股浓浓的馊味已扑面而来。等打开时，才发现里面装的是五个煮熟的鸡蛋，经过千里迢迢的邮途，早已变质发臭。

他不由得心里暗暗埋怨母亲：真是没事找事，在这么大的城市里，什么样的鸡蛋吃不到？这么热的大夏天，还从那么远的乡下邮寄这东西干啥？

很快，母亲让邻居代写的信赶到了——原来，乡下前些日子正流行着母亲买五个鸡蛋，煮熟了送给儿女吃，以保儿女平安的传言。母亲还在信中一再叮嘱他，让他一定要一顿吃掉那五个熟鸡蛋……

读信的那一刻，他心里暖融融的，仿佛母亲就站在面前，慈祥地看着他吃下了那五个鸡蛋。

放暑假回家，母亲问他鸡蛋是否坏了。他笑着说："没有，很多同学都羡慕我有个好妈妈呢。"于是，他看到母亲一脸的幸福，如阳光一样灿烂。

毕业前，他写信告诉母亲他处女朋友了。母亲十分欢喜，很快寄来了一条红围巾。当他拿了它给女友时，她不屑地说了声："多土啊，你看现在谁还围它呀？"

女友说得没错，城里的女孩子，几乎没有一个再围这种很普通的围巾了。可这毕竟是母亲的一番心意啊，女友勉强答应收下了。

后来，他跟女友的关系越来越淡，最后只得分手。

那天，他问她："那条红围巾呢？"

"那破玩意儿早让我扔了，你若是要它，我可以再给你买一打。"女友淡然道。

他摇头，心里充满了悲哀，为母亲的那条无辜的红围巾。

不久，他给后来做了他妻子的樱子买的第一件礼物，就是跟母亲买的一模一样的红围巾，并告诉她是母亲买的。

后来，母亲曾自豪地跟很多人说："我相信自己的儿子的眼光错不了，就选一条普通的红围巾，一下子就帮他拴住了一个好媳妇……"

看到母亲那无以掩饰的喜悦，他幸福中夹着一丝怅然，那是母亲不曾知晓的。

母爱深深深几许？关于母爱的故事有很多很多，仅此三件母亲不知道真相的小事，便让他一生深深地感激慈爱的母亲。

yuàn

[怨]

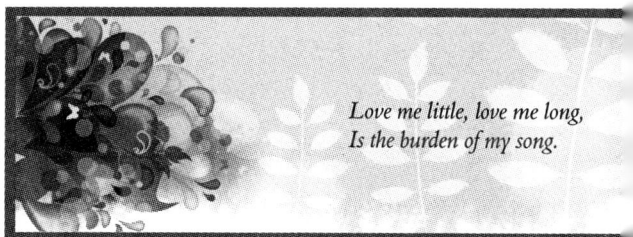

Love me little, love me long,
Is the burden of my song.

《战马》

露丝说：“是的，我会更恨你一点，
但是绝不会少爱你一分一毫。”

也曾恨过我的父亲

我想聊聊父亲的前半生，间或，聊聊我的母亲。

父亲的前半生，真真生如草芥，活似刍狗。彼时，我尚年幼，不解世相，难察人情，是不大理解落魄的他何以要酗酒度日的。因惧其严厉苛刻，我始终不大愿意亲近他，甚而远见其影时要绕道而行。是的，他的一句问话，一声呵斥，便足以令我山崩地裂，更别说他的发怒了。而他又极其暴躁。暴躁，即一躁即暴起，轻则怒吼狂叫恶语乱起，重则打妻骂子摔锅砸碗拆房。不似温躁者，虽急躁，但只作愠声怨语或只急于解决问题，怒向内生而非发于旁外。故我家室之不安乃因父母皆暴躁急厉之人也。

忧愤出诗才，所以喜怒无常的父亲诗才极好，也极爱读诗。寻常琐事经他之笔，亦可惊天动地。且他的字极佳，虽然电脑可打出最规整最符合黄金比例的字来，但无论何体，虽美而僵，终欠一种灵动丰实的美，但父亲的字，写得活泼泼端端然，如夏莲初放般静极如动，那种带着一个人真正精神境界的雅致和灵秀是任何计算机之造作都难以模仿的。我喜欢父亲的字，但至今也无法想象，以他那样起伏不定的性格，是如何将那于我来说难以精准控制位置的一笔一画恰到好处地架构出一个个风姿清扬的字来的。

由于生存本能对安全感缺乏的忧惧，人会更容易留存下苦难的记忆，而之前享受过的所有照顾和爱亦会淹没于怨恨里。多大的快乐都会转瞬即逝，

124

但痛苦的记忆却永远刻骨铭心。所以，关于父亲的记忆，更多的是痛苦的相处而非生养教化的感恩。今日略懂生之多难，渐知他往时忧苦，那样一个诗文俱佳的才子，无奈"玉带林中挂，金钗雪里埋"，终日为生计所苦，不得自由，又极多愁善感，情绪在自负与自卑的两个极端中挣扎，其痛苦恐难以言语向人诉之，故其性格才如此暴戾恣睢，难以相处。他有多暴躁，就有多痛苦。但任何一种痛苦，都不能构成伤害他人的正当理由，当一种痛苦的发泄转嫁成身边人的痛苦时，一个悲剧的家庭就产生了，尤其施害者本身的痛苦并不为身边人理解时，他的发怒行为只会激起我们的同等的愤怒。只是母亲和我的愤怒，不是发泄成了同样的反击，就是压抑成了同等程度的怨恨。母亲的怨恨转移成了后来日复一日的苦难史讲述，我的怨恨则转移成了彻底的逃离。

我相信每一个人的痛苦都不比我少，尤其是父亲。只是我们互不体谅，惯以己之所受妄测他人之心，正如我可爱又可笑的勤劳母亲一样，每天五点就起床的她是永远不明白父亲为何总是视早起如生死攸关般的痛苦一样。兴许，于一部分人来说，提早起身做上一顿美美的早餐，从容享用后去为事业或生计忙碌，是件顶美的事儿。但于另一些人来说，是宁愿早午饭皆不吃也不要早起的，而且一天吃三顿做三顿实在浪费时间。何况，他们的身体完全地享受着一日一餐的规律。

因此，单单是早起这一问题，已足以让我整个家宅失去宁静了。况母亲极其欠缺语言的"修为"，好端端的珠玉之言，一经她之口说出，便都成了匪夷所思的尖言冷语甚至成了完全扭曲了本意的明讥暗讽或指桑骂槐。父亲的特点是能将平凡之事用言词表达得极其有诗意，母亲特点则是能将鸡毛蒜皮的事搞得鸡飞狗跳，寻常琐事一经我母亲的表达，便似乎皆成了天翻地覆般的罪过。尤记数年前回家，我和妹妹将玩坏的羽毛球拍弃于一楼后在二楼玩耍，正闲聊至欣悦处，母亲突然一声暴喝如惊雷平地起，我和妹妹立马想到可能出现了最坏的结果。惊惶中我探身窗外，母亲怒气冲天地责问羽毛球拍为何坏了，我和妹妹皆哭笑不得。既然是玩具，玩坏亦是自然了，母亲之暴戾之气可见一斑。

且又因着我那勤劳、聪明、暴戾的母亲自小被压抑着发言权，养成了自言自语排遣忧闷憋屈的习惯，故其每晨起，必是先将我硬从床上叫下生火烧饭，再将父亲与全村早起勤劳人士比较一番，再按富裕榜比较一番，随后则对多年以来的父亲"罪恶"史进行控诉。由于母亲的特殊的语言智慧，一句渺若微尘的话常常能引发一场撼地摇天的大战。什么相敬如宾、举案齐眉都是浮云，他们俩是一对真正的相逢于今世狭路的前世冤家。父亲固然凶，却总也无法彻底压制住母亲；母亲固然总是被三天两头地打得卧床不起，偏其承受能力和反抗能力都同样异于常人，怎么挨打也还是健康勤劳，怎么挨打也依然不肯示以温柔。那时，由于怜惜母亲的昼夜涕泣，我是连弑父之心都有的。

是的，我恨我的父亲，虽然我也有点恨我的母亲，但对母亲的恨，只是恨其爱之不均，且总是更愿意理解她的苦；而对父亲的恨，几乎要成不共戴天之仇了，这一恨，就是多年。并非父亲不爱我们，相反，他带给了我们三姐弟最好的智慧启蒙。但他于幼年的我来说，印象中仅有母亲不在，或他给我们讲故事时，才是真实的存在。当时的恨，是那样的激烈，也因为恨他，才感觉待在家里实在是痛不欲生。但无论多么痛苦的事，过几年看，才知那段痛苦，不过是一种必然经历的阶段；无论多么重要的事，过几年看，才知道，那只是一种欲求不满导致的不甘心的主观情绪纠缠；无论离开的人多么让你难以忘却，过几年看，才知道多有影响力的事都敌不过时过境迁。万丈尘寰中一切生死苦乐，无不仰岁月的鼻息，那些经年积累的入骨之恨，又随着更多时间的流逝而化为了不愿言说的同情与悲悯，连幼时他对我的爱与好亦都渐渐地清晰了起来。

记得幼时，伙伴们最羡慕我的地方之一就是我有一个极其会讲故事的父亲，从《包公案》到《狄仁杰》，从《千里走单骑》到《一千零一夜》，父亲每每讲来，风生水起，听者如身临其境。小时候极喜欢一件新衣服，可惜跌进水田，不得不洗了。见我一心想穿新衣，父亲只得徒手将衣服甩了半天，又烤了很久，才弄干了给我穿上。少年时喜与父亲作对，一次犯错后，父亲本不想重罚，所以让我自己说打多少下，本意以为我说打一两下算了，但我却生气地说打两百吧，他无奈拿了几根稻草，编了老半天，才象征性地打了几下。无须提后来不放心我与人交往，竟然不远千里去寻找我。慈父之心天地可鉴，只是当时不解而已。

面容单纯时，我们有一颗苍老的心，幸好，在我面容苍老以后，我有了一颗单纯的心。幸好，随着子女的各奔东西，父亲又经历了几度起伏后，与母亲的感情日佳。在分开的日子，父亲每晚必然要与母亲通电，或讲述日间所遇，或指导我母亲办事，夕阳恋的那种相依为命的温情，连我等年轻一辈都羡慕不已。

tòng

[恸]

Love me little, love me long,
Is the burden of my song.

《蝴蝶效应》

埃文·泰瑞博说："幸福唯有透过牺牲才能达成。"

蚕爸爸的辛酸流年

一、1972

他非常惊讶地看着刚出生的女婴，执意要把她抱在怀中，医生笑他："看你的样子，果真是在抱着'千金'。"

他从来都没有抱过孩子，虽然他已有一儿一女，但是他总认为抱孩子是女人做的事，他只管上班，为人民服务。

可他没有想到四十五岁时居然又有了一个瘦小的女儿。他妻子几年前被诊为再也不会受孕，之后更年期又提前，怎么也想不到，居然会又生出一个女儿来。

他是老实巴交的人，因为成分有些不好，在这个最小的女儿出生那年，刚刚结束了那些不愉快的政治打击，所以，他有足够的好心情来迎接她，呵护她。

他借了一辆平板车，推着妻子女儿慢慢往回走，长平古城的冬天是那么凛冽如冰，刺骨的寒风似乎裹挟着四十万赵卒的阴魂，让人简直透不过气来，他只穿了一件中山装，里面的棉衣早就脱下来裹着他的小女儿，他的工资一直给了乡下多病的双亲，他自己的家庭里，实在是空徒四壁，连一条多余的小被子都没有了。

他上班的时候，便跑步去，不仅因为要赶时间工作照顾妻女，而是他穿得太少了，只有跑步才可以御寒。

他的大女儿刚刚十七岁，在离家三十里的一个丝织厂做学徒，请了假回来看母亲和小妹妹，他寒着脸赶大女儿走："车间生产忙，谁让你回来的？"

大女儿说："你偏心，疼小妹，不疼我和弟弟，再说，我也怕你不会照顾她们。"

他说："谁说不会了，你马上走，我现在做饭洗衣都会做了！"

大女儿是哭着走的，还是说他偏心，为了小妹，居然什么家务活儿都学会干了。

二、1976

酷热的夏天，他给了小女儿三分钱，让她去街上买冰棍吃。

这是他第一次给她零花钱，小女儿摇摇晃晃地奔到街上，再回来的时候，举着一根插冰棍的纤细的小木棒失声痛哭。她想让爸爸吃第一口冰棍的，可是她弄不明白为什么当她快走到爸爸身边的时候，冰棍却慢慢地慢慢地消失了。她真的没有吃，一点也没有舔啊！

他抱着女儿，也流泪了，他好惊讶，女儿这么小，却这么懂事。他将小木棍含在嘴里，甜味一直浸到他心里。他拉着女儿的手，亲自为女儿买了一支冰棍，女儿仍然是要和他分着吃，他们就在热浪滚滚的街头，你一口，我一口地吃掉了同样也是他人生中的第一支冰棍。

他兴奋地见人就说，我这个小女儿真的很孝顺。

三、1979

小女儿的左腿有天早上突然站不起来了，他急得当场失声，不能说话，那个年代患小儿麻痹的孩子不少，他抱着她求助于一位久负盛名的儿科专家。专家让他把女儿放在椅子上，然后，不声不响猛地拿起一根针灸用的长针朝女儿的左腿扎来。他惊得一下子跌坐在地，小女儿的左腿下意识地抽动了一下，想要躲开。

医生哈哈大笑："没事，绝对不是小儿麻痹，若是的话，这条腿根本不会躲的。生来羸弱，又缺钙，好好补下营养就行。"

他泪流满面，四肢瘫软得站不起来。

可他除了去食品公司跟熟人讨些猪骨头来熬汤，再没有什么经济能力来改善女儿的饮食了。长平是山西有名的梨乡，秋天的时候，孩子们放秋假，全部去捡梨，把梨码好放到筐里，捡一筐三分钱，长平城的孩子几乎都挣过捡梨钱。他领着儿子一起去捡，五十出头的人挤在一群孩子们中间，弯腰弯得支持不住，咬着牙往下挺。因为家里一向拮据，过年也从未买过鞭炮，这次跟着累了一秋的儿子支支吾吾好久，终于提了这么一个要求，他答应了。

可是那年过年他还是食言了，根本没有给儿子买鞭炮，而是将捡梨钱全给小女儿换成了奶粉。那个时候小城里没有鲜奶，奶粉也不容易买到，他只好托人从部队上买，气得儿子一个正月都不跟他说话。

四、1984

小女儿上初一了，提出来要一个小窝，一个人睡一个屋，他把堆放杂物的小仓库修葺一新，粉刷得雪白。

夏天还好说，冬天天寒地冻，添一个小屋必须添一炉炭火。灯下，他和妻子将微薄的生活费算了又算，终是无力负担更多的煤炭钱了。

于是，每天鸡还没有叫，窗户纸上还透着沉沉的夜色，他便一手提一个箩筐，顶着凛冽的寒风去捡煤核儿。

黎明的屠宰厂，总是灯火通明，男人们粗大的吆喝声和猪的号叫声混成一片，血水流得满地都是，烫猪毛的三口大锅里，开水不分昼夜地沸腾着，炉火也就旺盛地燃烧着。不多的几口大炭火，却有不少人来捡煤核儿。

所以不管煤核儿的温度有多高，火焰是否完全黯淡下去，他都得不顾一切地将大块的煤核儿抢先捡到自己的箩筐里。他的手上，常常被烫得起了泡。回到家，妻子给那双手涂上麻油，他疼得直冒冷汗，而小女儿尚在温暖香甜的睡梦里。

五、1987

因为工作调动，他们全家迁到了太行山上的一个小城里。

正月里，他听说这儿的村村寨寨，一过了正月初五，便会在平整的场院上，用大人胳膊粗的绳索，搭起高高的秋千，就是到了深夜，秋千跟前男女老少的也总是挤了不少人。

原来当地的风俗是，如果在正月十五这一天去打秋千，就会一年平安喜乐，无病无灾。

他闻讯后喜笑颜开，此后每年的正月十五，便起大早急急地去给小女儿排人。

小女儿正值青春期，忽而忧郁，忽而迷茫，忽而兴奋，忽而低沉，对一切充满了怀疑和疑问。用现在的话来说，整个一"愤青"少女。她怎么样也不愿意去挤着打那个土土的秋千，她觉得老爸相信这样一个风俗，简直是庸俗、无聊。

他低低地恳求，耐着性子哄女儿去，女儿嘟着嘴去了，他高兴地推着秋千上的女儿，爽朗的笑声随着秋千幸福地飘荡在冬日的晴空下。

六、1991

女儿高考落榜，他求人找关系送女儿去读自费的大学。他本来早已退休，却毛遂自荐跑到一家乡镇私企做会计。

私企的负责人就是老板和老板娘，老板常年出差，老板娘蛮横跋扈，本职工作之外的很多事儿也往他身上摊派，对他指手画脚疾声厉色。当武警的儿子探亲回来，急急地寻到工作地点看他，正好看到老板娘冲他发火。儿子拉起他就走，他挣脱了，说："孩子，你已经有了踏实的前程，可你妹妹还在读书，我总要把她供出来，让她走上社会，心才能安啊。我靠自己劳动挣钱，受点闲气无所谓嘛。"

七、1996

好好做着机要文书的小女儿突然宣布辞职，因为她喜欢写字。

在那个小城里，狭隘和封闭使所有人都认为他的小女儿是个疯子，得了作家妄想症，没人愿意理他的女儿，亲友们连上街都躲他女儿远远的。

最讨厌逛街的他笑眯眯地陪女儿一起出去逛街，买东西，一起面对别人的指指点点。

他搜集每一本书，每一张报纸交给女儿，希望对女儿的写作能起一点作用。

他每天晚上都辗转难眠，头发不出三个月，就全白了。

八、1999

他用他的退休金给女儿买鱼肝油，买养老保险。

女儿有时候写作状态不好，他笑呵呵地拖上女儿跟他一起骑单车去郊外，谈天说地，评古论今。告诉女儿人生有梦就去追吧，这样的人生永无遗憾。

其实每当看到那些青春活泼、笑脸如花的女孩子，他的心便揪得生疼。他心痛女儿的青春全交付给了一个个汉字，过得太过艰辛与沉重了。

九、2002

他穿着女儿给他买的运动衣和球杆和老友们打门球。他说："唉，我女儿现在写作用笔名啊，叫什么秦采桑，好像要养蚕一样。她叫什么名字我不反对，可是她怎么能把姓也一并改了呢？"

他想不通，常常唠叨："文曲下凡带把刀，姓刘多好啊，为什么要改掉呢？我以后去见她爷爷，可是要被老爷子臭骂了。"

十、2004

正月十五，小女儿在遥远的海南，牵着爱人的手漫步在公园里，告诉他太行山上那个打秋千的风俗。爱人感动地将她抱到一架精致的秋千上，轻轻地推着她，温暖的风儿拂起她的裙子，她缓缓地闭上双眼，任泪水不住地滑落……

经年以后，才发现自己怎么会那么傻，为什么在他身边的正月十五，从来都不曾想过，让在寒风里给自己排队的他，也打一会儿保佑平安喜乐，无病无灾的秋千呢？

我的蚕爸爸，我爱你。

lǎo

[老]

《大鱼》

　　布鲁姆说："人们说当你遇上你的挚爱时，时间会暂停。真的是这样。但人们没有告诉你，当时针再度恢复转动，它会无比飞快，让人无法赶上。"

儿子一样的父亲

他冲着父亲喊："傻！"硬硬收住傻后面的那个"子"，依然有点儿尾音，父亲重复他的话："傻子！"坐在椅子上傻乐，他的眼泪忽然落下来。相似的场景，隔了几十年的光景，也是做数学题，那时他做错了，父亲骂他傻，他哭了。这次他说父亲傻，还是他哭了。

母亲不安地看着他说："别费心了，你爸就是老糊涂了。"他不管不顾地一次次念题目："小明和小军共收集四百张邮票，小军比小明多十张，小军给了小明四十张，小明比小军多几张？"

父亲认认真真地说："小明比小军多五十张！"他提示说："总共四百张邮票，小军比小明多十张，想一下小军有多少张？"父亲摇头，摇头，然后站起来，一步一步走进卧室。母亲端着水杯说："喝了药再睡呀。"父亲说："不。"母亲哄着他，像是对待小孩儿那般的。

他闷坐在客厅里检讨自己。自父亲病后，他一直对父亲有种恨铁不成钢的感觉，可在最近，这念头愈加强烈了。强烈的原因，是父亲的状况在下滑，越来越痴呆了，他觉着父亲还不算老，离七十岁还差几年。

父亲是突然被医生诊断为老年痴呆症，而在此之前，父亲常常一拍脑袋说自己老糊涂了，一句话说了上半句，忽然忘了下半句。遇见老同事，叫不上别人的名字。去买早点，要么忘了提早点，要么提了早点忘了给钱，让人喊住。出门遛狗，转了一圈又回家，忘记牵狗了。父亲说："咳，老糊涂啦！"那阵子，还没觉察到这事的严重性，那语气是自我解嘲。直到有一天，他上街忘了回来，若无其事地在街上走过来，走过去……

医生并没有灵丹妙药，似乎，这病是个水到渠成的事情。不过，医生建议持续训导，延缓症状蔓延。

他和父母的住处隔着一条街，这个距离父亲很满意，觉得每次见面都挺新鲜。父亲退休时，他陪父亲喝酒，父亲喝多了，柔情地说："从今往后，我就是一个纯玩团了。你不一样，你得当爹，混名混利。不过，我觉得可以等着你退休，那时都轻松啦，有可能我老得走不动了，你就把我牵着到处转，那时我可能再也不老奸巨猾了，换成你啦……"

老奸巨猾这话，是有一次他跟父亲拌嘴时说的，把父亲乐坏了，直夸他看清了本质。父亲退休之前是个会计，和算盘打了半辈子交道，虽说后来有了计算器，但他依然相信算盘。有一回他开玩笑说父亲的悼词一句话就够了，这个人一生都在精打细算。父亲满意，不过父亲说，悼词可以长一点，比如，他是他们村第一个吃上商品粮的，娶上城里媳妇的，一表人才，按流行的话来说，帅呆了……获得奖状奖杯五十二次，高级会计师……他笑，父亲也笑……

母亲安顿好父亲出来说："莫要太操心你爸，他这是返老还童了，他不威风八面了，退一步，把他当儿子看！这样子，会不会好点儿？"

他笑说："把爸当儿子？"母亲点头，又说："先前印的好人卡用完了。"他说："明天再印些回来。"

好人卡是专门为父亲印的，印着父亲的名字，印有他的名字和电话，怕父亲找不着家，截至目前只用上一次。很多时候，父亲将卡片扔了。为什么要扔？父亲只有三个字，不麻烦。至于为啥不麻烦，父亲的嘴像是上了锁。

他不同意父亲就这么废了，他希望父亲像别人的父亲那样，打麻将，养花，或者钓鱼。这正是含饴弄孙的好时候，但他无力阻止父亲病情的蔓延。周末，他们一家三口来陪父亲，父亲想不起孙子的名字，到了晚上拉着孙子的手说："你怎么不回家？你爸爸，你妈妈要急坏！"

慢慢地，父亲不肯出门了，坐在沙发上，一坐就是半天，谁也不知道他在想什么，或者什么也没想。那些家庭作业，再也不肯做了。能吸引父亲的注意力的只有母亲，母亲要出门，父亲站起来，拉住她的袖子。

医生罗列的焦虑、偏执、不合作这样的症状在父亲身上还没出现，但失忆症状却明显了。

有天，父亲忽然说："羊山。"那是父亲的老家，自祖父祖母去世之后，已经多年没回去。他问父亲是不是要回羊山，父亲点头。

他请假带父亲回老家，可父亲又不肯了，怎么劝也没用，单曲回放似的说："没爹没娘了，不回了。"

他一人回去，拍了视频照片回来，老家的水井，旧房，核桃树……父亲看，一个劲儿流眼泪，直到看到一个老头子，才说了一句："他屋后头的樱桃，甜。"

这个意外的发现，让他来了神，再一次回老家，请这位老人来城里陪父亲。老人来了，带来了乡音，父亲的一些记忆像被激活……他们手拉手，说了一句话，接着又说一句。乡音像是一味药。

他说："爸，我是谁啊？"父亲看看他说："爸，我是谁啊？"他说："你从哪里来？"父亲说："你从哪里来？"他又说："要到哪里去？"父亲说："要到哪里去？"

这不是哲学问题，而是，父亲又开始学说话了，很动听。

第五章

下辈子，无论爱或不爱，都不会再见

我们继承了他们的梦想，
我们催促了他们的时光，
倘若离别真的无法阻挡，
就别等到失去后，再伤心悲怆。
爱没有地久天长，
现在的此刻就是最好的时光。

huǐ

[悔]

I found everything I need, You are everything to me.

《东邪西毒》

欧阳锋说：“当你不能够再拥有，你惟一可以做的，就是令自己不要忘记。”

没人会在原地等你

其实很多时候，人无法改变命运，就像路边的野花一样力量薄弱，只能无奈地被流水推着走，流到哪儿是哪儿。与其难过，不如顺其自然，静观两岸风光。

诺贝尔化学奖获得者、美籍华人崔琦出生在河南农村，父母都是大字不识一个的农民。但是他妈妈颇有远见，咬紧牙关省吃俭用，在崔琦十二岁那年将他送出村，外出读书。这一走，造成了崔琦与父母的永别。后来他到了香港地区和美国，成了世界名人。

曾有人问崔琦："十二岁那年，如果你不外出读书，结果会怎么样？"结果会怎样？结果当然就是他不会有今天的成就，也许现在还在河南农村种地。

可是崔琦的回答大大出乎人们的意料。他说："如果我不出来，三年困难时期我的父母就不会死。"崔琦后悔得流下了眼泪。在他拼搏奋斗的生涯中，他肯定不止一次地想过他的父母，也想过有一天终于可以和父母相守在一起，但世事不尽如人意，蓦然回首，父母已经离他而去。从此，无论人生怎样辉煌，终究无法弥补父母已经不在的遗憾。

这不由得让我想起了前不久从美国归来的一位朋友。接到他的电话时，我颇感意外。因为这位朋友远在美国，工作学习都很顺利，我们都以为，他在美国定居是理所当然的事情了。现在不是有好多人都想方设法跑到国外去吗？

朋友说，他本来也打算在美国定居的，父母也很支持他的决定。每次打电话回家，两位老人都告诉他身体很好，心情也很愉快。他们已经习惯了没有儿子在身边的生活。

他相信了父母的话，可是渐渐地，他没有那么心安理得了。他身边的朋友，不断地有人急匆匆地回国，不是这个接到母亲病危的电话，赶着回家探病，就是那个收到父亲去世的消息，哭着回家奔丧。他们再回到美国，一说起父母便是摇头叹气，还有就是道不尽的懊悔。这个说，真应该早点回家陪在父母身边；那个说，假如母亲还健在，我一定怎么怎么尽孝心。朋友越听越心惊，他是幸运的，因为他的父母都还健在，可是这种幸运能维持多久呢？他开始害怕接到国内的电话。他害怕一拿起电话，听到的就是不好的消息。这么多年来，父母一直全力支持他求学，他也成为父母的骄傲。可是这个让父母骄傲的儿子，从十八岁到外地读书开始，和父母相守的日子屈指可数。父母日渐老去，他何曾为他们端过一杯水，煮过一顿饭，洗过一次衣？

在这种不断的拷问中，他终于下定了回国的决心。他要回到父母身边，照顾他们的老年生活，好好和他们一起享受生活。他说，对父母而言，子女在身边是一种幸福。可是对子女而言，能够陪着父母走完生命的最后一段旅程，何尝不是幸福呢？我们完全可以避免"子欲养而亲不待"的遗憾啊！

对于父母，我们并非没有孝敬之心。但我们常犯的错误是：等我有了钱一定好好孝敬他们，等我买了大房子一定接两位老人来住，等我忙过这段时间一定回家看他们，可是父母却等不起我们啊！要知道，父母不可能站在原地等你。

常回家看看，来保持这份亲情；常回家看看，来体现这份孝心；常回家看看，来延续这份无止无尽的爱。不要等到父母已经老去再来回报，而空留遗憾在人间。

zhǒng

[冢]

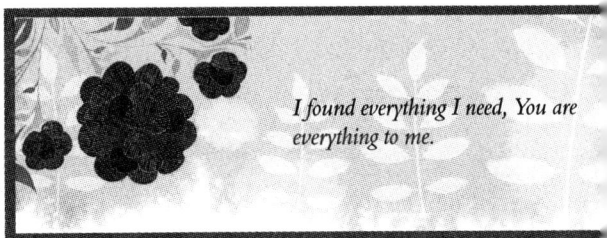

I found everything I need, You are everything to me.

《盗梦空间》

　　道姆·柯布说："你等着一辆火车，它会把你带到远方。你明白自己希望火车把你带到哪儿，不过你也心存犹豫。但这一切都没有关系——因为我们在一起。"

那个男人教我的事

一

　　近日频繁去德国洽事，在寒流入侵的欧洲大陆，站台上人群熙攘，我左手握着在火车便利店买的三明治，它是冷的，右手握着一瓶矿泉水，它是冻的。当我踩着高跟鞋一路飞奔去逐缓缓停下的火车的车门，总觉得我的整个世界"风高路斜"。

　　在这样的迎来送往的站台上，我为何如此怯懦心虚？因为我没有一个送行的人！

　　我疾步从阴冷的车站逃入暖和的车厢，躁动的人群也渐而隐入了座位，我终于能坐了下来，把捆绑脖子的围巾解开，暖气为我的身体一一松绑。

　　滚动的车轮不断将火车推向前去，车外的风景也随即开始流动起来，如被速度所"液化"，惯于走神的我总有那么几回，不小心将自己推入了回忆。

　　一辆更为古旧的火车，正从旧年里轰隆轰隆地朝我驶来，它承载着我青春的记忆，更传来了我爸那一声声的叮咛。

　　十一年前的我正计划出国读书，在上海的一所英语学校读"雅思"，故而得奔走于温州与上海两地，火车变成了我往返两地之间的重要介质。

　　对于从未在外地生活过的我，我的爸总是颇为忧心，在我临行前的一夜他总是反复言说他的种种所谓"出门指南"，这些指南在当时年少的我看来是颇为啰唆冗长的，我总是无奈地听着，偶尔嘟囔一句："阿爸，你说了十几次了多，我真不是三岁的麦麦！"（麦：温州方言孩子的意思。）

我爸总是略有叹息地说："你这个麦啊！"

二

我爸总爱指导我如何收拾行李，他将我的行李分成三类：第一类为重要物品，比如钱包、身份证、手机、银行卡等。他嘱我将这些东西放入随身的小挎包，这个包，被他称为"A包"。而第二类为次重要物品，比如文件、书本、药物等，他将这些东西整理成一个拎包，谓之"B包"。第三类则为衣物和食品，委托我妈将它们收拾成一个大箱子，称之为"C包"。

我爸指示说A包要一路随身背着，包括睡觉的时候。B包要放在火车的床铺上，C包则可以放在床铺的行李架上。如果遇上危险要逃命时，可依次先放弃C包，而后B包。C包可以让别人拿，包的价值和重量必须成反比。

临行前夜，我爸和我妈将我的ABC包收拾好，第二天要走的时候，他又会把我行李的单子（记录着要带的物品）拿出来再复查一遍，他谓之"查缺补漏"。等一切皆已妥当，他就会让我妈再拿出一袋食物，里面一般会是两包饼干，两个雪梨，两个即食鸡腿，两个面包……

我总是笑话他们："我又不是去度蜜月。"我爸却说出他的道理："和你一起坐车的邻座乘客，你在吃东西的时候，你必须要有询问他们是否吃一点的礼仪，吃不吃是他们的事，带不带是你的事，好的姿态会给出门在外的人带来无限的便利。"

于是我硬着头皮带着这些双双对对的小吃和我爸前往火车站，但奇怪的是我爸给我买的矿泉水却永远只有一瓶，而且他一定会要求我把它放在A包里，即这瓶水睡觉都要背着。

他更反复念叨了N次："在火车上，水不能乱放，不能喝任何人给你的水，也别喝太多的水，免得要频繁去厕所。"

这水里的门道我大概是懂的，无非就是怕坏人给我下迷药之类，不过在前往火车站的路上，我爸会一边开车，一边恶狠狠地说："听没听，听没听啊你？水是重中之重！"

"听了听了，你别像阿婆一样米穗念了！"我总是会小小反抗一下我爸这样严肃的话痨子。

我爸依然是叹息："你这个麦啊！"

三

到了火车站，我爸买了站台票送我上了火车，从来他只给我买硬卧的上铺，硬卧车厢是一个没有间隔的大车厢，遇事基本能一呼百应，所以他认为对于一个姑娘来说硬卧比小隔间的软卧更为安全。

我爸将我的B包和C包放置好，然后开始和我周围的"邻居"开始散讲（聊天），男的递根烟，女的问个好，然后絮絮叨叨："我女儿去上海上学，第一次出门，你们给关照关照……"

后来即便是我第N次坐火车，他还是会对外人说我是第一次出门，也许他认为"第一次"会让人更愿意帮助我吧。

火车启动的哨声开始响起，我爸终于要走了，他走开几步又回头，大声地说："到了马上给我打电话，下车数数包……"

然后再笑着对我的"邻居"们念叨一遍："我女儿就麻烦大家给照看照看了，多谢多谢……"

我爸终于下车了，却还站在月台上目送我的离去，他从来不会煽情地追着火车跑几步，他甚至不挥手，仅是站着。

通常我爸会在我的邻居之中找一个和他年纪相仿的大叔，郑重地给他递好几支烟，然后言说几句托付的话。那个大叔估计也有如我这般大的子女，不免被我爸触动，随后在车上总是对我各种照顾，如有小年轻与我搭讪，他都会一并给挡回去，再有我将我的小吃分于邻里，以至于大家对我这个小妹妹都照顾得不得了。晚上起来上厕所，邻居阿姨都会陪我去，引了我的感动。

第二天到了终点站，大家要分道扬镳了，彼此都隐隐有了一些情谊，而显出了不舍，叔叔阿姨把我的行李一路拎出车，甚至还帮我叫出租，帮我数了数ABC三个包。

这些人也许我这辈子只能见上一次，不过我们却在彼此的生命里都留下了记忆，这是我爸教会我的，火车式的友谊！

四

往后我坐火车已经熟门熟路了，但我爸还是不弃叮嘱，只是若我次日没什么课业安排，他便会让我去坐硬座。所谓硬座是只有座椅的车厢，夜里行车是没有床可以安睡的。我妈自然不解，觉得我爸是不是犯糊涂了，我爸却对我说："你伯父和我当年出去做生意都是坐绿皮火车，一坐就是三天，而且是站票！"

我懂了！在我颇有出门经验之后，他开始又要拿出他对我百试不爽的"忆苦思甜"模式来折腾我了。

于是接下来我就被送入了龙蛇混杂的硬座车厢。

我爸说硬座车厢人群和硬卧车厢的人群有很多不同，经济结构往往会影响一个人的行为模式。所以他不再将我托付给邻居，他觉得那是一种冒险，我的行李也一并被上了锁，我就这样背着一瓶矿泉水惶惶不安地坐在人堆里，听着各种南腔北调喧喧哗哗。

火车里也会有一些跟着父母一起坐车的小孩子，他们或玩耍或啼哭，也惹我不得安睡，到了下半夜某些只买了站票的人，纷纷躺在了地上，甚至躺在了我的脚边，这引了我的叹息。

半夜我起身前往如厕，回来的时候我的座位却被一个胖阿姨占了，我拿出车票让她起身，她却说自己身体极度不舒服让我给她稍微坐一下。我动了恻隐之心，应允了她，可我或站或坐地板足有两个小时，她还是不起身，我遂与她理论，叫来了乘务员，她这才悻悻然地走了。

那一夜我也深深感知了这些邻居的冷漠，他无视于我的被侵犯，我的孱弱，我的无助。

事后我向我爸在电话里说起这件事，他倒没有多大的愤然，他只是说我的做法很幼稚，很不入江湖。

他说："遇上这种赖皮的人，你光靠自己的力量是很难将她弄走的，你必须发动群众。"

"怎么发动群众？群众和我没有交情！"

我爸继续解析："和你同座的那个人就是你要发动的力量，你可以跟那个胖阿姨说三个人一起坐，你让她坐中间！两个人的位置坐三个人是很挤的，这样就侵犯到了你同坐那个人的利益，你就和他成了同盟，这样他就会帮助你赶走那个胖阿姨。"

我恍然大悟！我爸简直就是在用兵法坐火车啊！我赞了他几句，他乐了，哈哈大笑："那是，你爸我是属猴的，精着呢！"

我遂再忆起那天夜里，很多人想去抢座位，很多人把地板变成床铺，因为资源匮乏，羞耻心和同情心都会变得单薄，人人所要捍卫的首先是自己的利益，自己的睡眠。即便我初有同情心还是被困意和乏力所打败，所以慈悲并不适合竞技场，也许这就是我爸给我上的第二课。

我爸就是这样，爱我如宝，又总爱在某些时候拖我进入风雨受洗礼，他让我熬夜去和一个胖阿姨作战，让我输了，让我恨了，然后再让我悟了，直至笑了。

五

在起风的异国车站，我拎着行李下车，我惯性地数了数我的ABC包，耳边蓦然想起我爸的那些千叮万嘱："出门在外事事留心，不能将自己的真实信息告诉别人，不能贪便宜，不能贪近路，不能将矿泉水乱放，不能心软……"

而当时的我唯一能做的，就是可以随时给他打电话。我爸是一个怕辐射而必须睡觉关机的人，可是在我坐通宵火车的夜里，他的手机会一直开着，并放在他的枕边，尽管家里的电话也是可打的。

在很多年之后，我习惯了一个人坐火车、坐飞机，我习惯了将我的行李分ABC几个包，我习惯了只带一瓶矿泉水，我习惯了临行前的"查缺补漏"。

那个男人教我的事全部都融进了我的骨头里，像他的爱一样包裹着我。其实从小到大，不论火车开向多么遥远的地方，我都没有真的害怕过。因为我知道，爸爸一直和我在一起，用他的叮咛，用他的教诲，用他的爱。他教我的一切我都按部就班地实行着，只是现在，我再不能在到达目的地的时候给我爸拨去一个电话了，因为时光已经将他带走，带去了一个不能再接我电话的地方。

可是，爸爸，你别怕，我会好好的，好好地生活，就像你一直教我的那样。我爱你。

sī

[思]

I found everything I need, You are
everything to me.

　　路易斯·麦克尼斯说："我们的
爱必须超越时间，因为时间本身就是
拖欠。"

别踩疼了雪

　　我和女儿在焦急地等待着一场雪的降临。

　　雪，只在女儿的童话和梦境里飘过。我一直这样认为：没有触摸过雪花的女孩，永远做不了高贵的公主。我领她到雪的故乡来，就是要让她看看雪是怎样把人间装扮成宫殿，把人装扮成天使的。

　　带女儿来北方，就是为了让她看雪。因为我无法为她描述雪的样子，而她又是那么渴望见到它。

　　雪开始零星地飘起来，我和女儿激动得手舞足蹈起来！

　　它多美啊，轻盈、飘逸、纯洁，让人爱不释手，让人目不暇接。

　　女儿伸开手掌。但她马上发现，我们的手掌可以接住雪花，但雪花无法承受我们的爱意，在手掌心里只亭亭玉立了那么一会儿，转眼就消失得无影无踪了。

　　但女儿并没有收拢她的手掌，她依然执着地积攒着手中的白色花瓣。雪渐渐大了些，女儿小心翼翼地捧着她的雪花，她说要把它带回去，在妈妈的坟墓旁边堆一个大大的雪人。

　　女儿的话深深触动了我。原来，女儿一直嚷嚷着要来北方看雪，真正的目的还是为了她的妈妈。

　　我不忍提醒她，我们永远也无法将雪花运到南方去。我总是提醒自己：

孩子的心灵是最纯洁的一片雪地，在他们心灵上经过的时候，一定要小心再小心，不要弄脏了孩子的世界，不要踩疼了他们的梦想。

女儿没有见过她的妈妈，在她出生的那一刻，她的妈妈便因为难产离开了我们。仿佛一切都有预感一样，在妻子的日记里，我看到了她写给自己未出生的孩子的信。她说：即使有一天她离开了人世，她的魂魄依然会缠绕在孩子的身边，春天她就是早上第一缕吻着孩子脸颊的阳光，夏天她就是那大树底下的阴凉，秋天她就会变成一朵朵云彩，冬天的时候她就会变成雪花……

每当女儿问我她的妈妈在哪里的时候，我就会对她说，你妈妈离开这个世界了，但她爱我们。春天的晨光，夏天的绿阴，秋天的云朵，冬天的雪花，这些都是你妈妈变的，她一刻都没有离开过我们。女儿记住了我的话。在春天，总是太阳刚一露头就醒了，她说妈妈在唤她起床呢；在夏天，她总是习惯把书桌搬到那棵大树底下去做作业；在秋天，她总是趴在窗台上，托腮凝望天上的云。我知道，她那颗小小的心在用她自己的方式怀念着母亲。

可是冬天，她找不到与母亲的联系了。因为南方没有雪。

这就是她要来北方看雪的原因啊！

雪花在天空舞蹈！

天空阴暗得仿佛是大地，大地晶莹得仿佛是天空。

夜晚再黑，也压不过雪的白。

第二天清晨，女儿轻轻推开门，小心翼翼地踩出了一行小脚印。她对我说："爸爸，顺着我的脚印走，别踩疼了雪。"

那一刻，我看到全世界都是洁白的。

nán

[难]

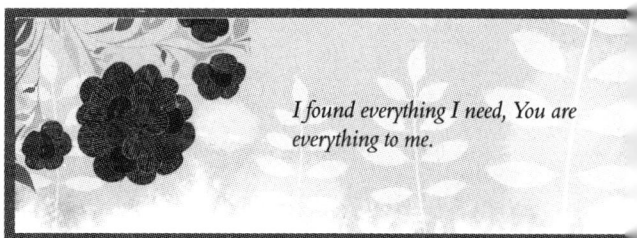

I found everything I need, You are everything to me.

《阿甘正传》

阿甘说："妈妈说生活就像一盒巧克力，你不知道你的下一块口味是什么。"

算命先生

一

在最需要钱的时候，他的眼睛瞎了一只，所以，他有了一个新的名字：瞎子。瞎子来不及歇息，赶忙出去找工作，可是找了很多家，都嫌他眼睛残疾，不肯雇用他。瞎子想过去盗窃，但是又一想，万一被抓，那就不能赚钱了。这条铤而走险的路，不到万不得已，是不能去走的。

瞎子瞎了后，他的老婆跑了。在瞎子心里来说，这是理所当然的事，他也不想再让老婆跟着自己了。如今，瞎子很需要钱，曾经给前妻打过一个电话，说想借点钱，有急用。可是，前妻说她的手头也不宽裕。对于这种回答，瞎子也能理解。

瞎子走投无路，去地摊上买了几本算命书，在家潜心研究。瞎子想做一个算命先生，靠给别人算命，骗一点钱。瞎子接触过几个算命先生，发现他们有个共同的特征，都是瞎子。好像正常人能看到人间，瞎子自然能看到阴间。瞎子心里知道，自己看不到阴间，人间也看不全。但瞎子懂得看书，书中自有阴间事，瞎子记得个大概，再加上随机应变，骗人很轻松。

开工之前，瞎子买了一副墨镜，一个拐杖。算命时，瞎子不戴墨镜，一只眼睛闭着，一只眼睛瞎着，眼睛闭累了，戴上墨镜歇一会。如果，别人看出你仅有一只眼睛瞎，以为你看不全阴间的事，就不会找你算卦了。眼睛瞎也是一张文凭，是一张通往阴间的文凭。

二

给别人算过几次命后，瞎子赚到不少钱，但还是不够，为了赚到更多的钱，瞎子不再在郊区算卦了。瞎子决定去城市里算卦。在城市里，虽说钱赚得多，但有一定的危险，容易被警察抓住。现在的瞎子，也顾不上这些了。

在闹市区果然不一样，瞎子赚了很多钱，还差两百就够了。这时候的瞎子有些得意，没想到这么快就赚够钱了，刚得意一会，便又告诉自己，还差两百呢，我不能大意，这可不是随便的事情。不过今天的瞎子，明显脸上带着红光，像是回到了初恋的时候。

这天天气不好，风发了疯地乱刮。黄昏时分，风和城市的噪音都息了。瞎子想看看余晖，可是楼太多太高，什么也看不见。

但，瞎子看见了自己的前妻。

她和一个男人挽着手，朝瞎子走来。瞎子老远看见了他们，闭上了单眼。男人说："喂，瞎子，能不能算算命。"

女人看见了瞎子，拉男人的手说："别算了，这些都是骗人的。"

男人笑道："我知道骗人，就是玩玩嘛，反正也没事干，喂，瞎子，你给我老婆算算，她有几个孩子，算准了，我给你一百块。"

瞎子犹豫了一下，说："报上你妻子的生辰八字。"

女人轻声报上了，瞎子眉头一皱，说："两个。"

男人一愣，说："你行呀，这一百块给你了。你再给算算，这两个孩子是怎么回事？你要是再说准了，我再给你一百块。"

瞎子不想算了，说："不好意思，我还有点事，先走了。"男人急了，拽住瞎子，说："你今天要是不说，就别想走。"女人胆子小，说："老公，让他走吧，别闹了。"

男人甩开女人，说："不行，你今天必须给我说。"

瞎子没有办法，说："好吧，她的第一个孩子，是和他前夫所生，后来他前夫瞎了，她又跟了你，又有了一个孩子。"

男人僵住了，半晌没说话。

余晖在两栋楼之间射出来，洒到了瞎子的脸上。女人说："那你算算，我的第一个孩子现在好吗？"

瞎子说："好，他在城里的高中念书呢。"

男人又给了瞎子一百块。瞎子拿出墨镜，戴上。但是，一滴眼泪还是流到墨镜外，因为它太长了，墨镜没能遮住。

三

瞎子又挣了二百块，这一下钱终于够了，瞎子长长地舒了一口气。瞎子把算命的家伙都扔了，决定从此再也不干这行了。瞎子倒是不怕进监狱，瞎子只是担心，自己进了监狱，就不能赚钱了。不能赚钱了，那儿子的学费就没有人交了。瞎子把钱打到银行卡上，找了个电话亭，给儿子打了一个电话。

瞎子说："是娃吗？"

儿说："是我，爸爸，是你吗？"

瞎子笑了，说："是我，娃，爸爸开工资了，我把你的学费打到你的卡上了，你把学费交一下吧，也不能总拖着学校呀。"

儿说："嗯，爸爸你辛苦了，你可要注意身体呀。"

瞎子说："放心吧，娃，你爸爸我的身体好着呢。好了，你平时多吃点好吃的，没钱了跟爸爸说，好好读书……"

他哽着嗓子，再发不出声音……

mù

[暮]

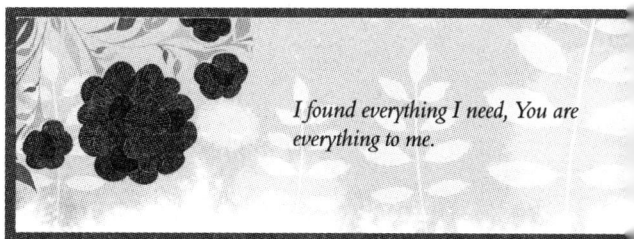

I found everything I need, You are
everything to me.

　　张晓风说："有一天，她的羽衣不
见了，她换上了人间的粗布——她已经
决定做一个母亲。"

拿什么孝顺你，我的母亲

　　哒哒哒，哒哒哒，在夏天的傍晚，母亲在缝纫机上做鞋帮的声音，一直能从敞开的窗口传到院外，那是母亲收的活儿，做一副鞋帮能赚三毛钱。母亲白天上班，早晨四点起床，晚上十二点才能睡觉，可这一早一晚间，母亲能做二十副鞋帮。

　　三毛钱，在二十多年前，能买三根冰棍儿、两斤海棠果。母亲做的是冬天穿的棉鞋，鞋帮里要放一层毡子。为了让母亲多做鞋帮，我和大姐、小妹一放学就帮母亲做活儿。大姐做饭，我剁菜喂鸡，妹妹给母亲的鞋帮里放毡了。弟弟还小，但也凑过来帮忙，把母亲做好的鞋帮摞在一起。

　　夏天的火烧云染红了半边天，卖冰棍儿的蹬着自行车驮着冰棍箱在夕阳里一路吆喝着出现了。母亲从兜里摸出四角钱，让小弟小妹去买冰棍，两个孩子欢呼着去了，一会儿又欢呼着回来，四只小手像举火炬一样举着冰棍。

　　我们纷纷把冰棍递到母亲嘴边，母亲说："我不像你们孩子怕热。"我问："妈你喜欢吃什么？"母亲说："燕窝鱼翅，等二姑娘长大挣钱给妈买吧。"

　　鞋帮做好后还有道工序：就是把露在鞋帮外面的毡子用剪子剪整齐。剪了几副鞋帮，母亲中指食指中间的部分就被剪子磨红了，甚至磨出了大水泡。母亲便用碎布缠在手指的伤处，继续剪。长年累月下来，母亲的食指中指都已经变形了。

因为长时间坐在凳子上踩踏缝纫机，晚上上床时，总能听见她捶打双腿和后腰的声音。

为了在有限的时间里多做几副鞋帮，母亲买了部电机，安在缝纫机上，这样既省力，速度又快。但是缝纫机跳动的速度过快，就很危险。一次，缝纫机的针扎进了母亲的手指，长长的针从右手食指穿透出来。我放学回家正好看到那可怕的一幕，吓得哭了。母亲却把手指硬生生地从缝纫机的针上拽了下来，异常镇定地对我说："哭啥，去碗柜里把你爸的白酒拿来，给妈倒上点儿。"

母亲的伤指没有去看医生，上了点白酒，撒上点云南白药，就用纱布缠上了。做鞋帮的活儿也只歇了一天，第二天放学回家，在院门口就又听见母亲在缝纫机上做鞋帮的哒哒声了。那时我就暗暗地想，等我长大挣钱了，一定孝敬母亲，给母亲买好吃的。

母亲缝纫机的哒哒声，从初夏响到深秋。初冬时，母亲做鞋帮的钱就变成了一袋袋的秋菜运回家，还有冻梨、冻柿子、猪肉和粉条，还有过年我们的新衣服新鞋子，我们第二年开学的学费、书费。母亲还用做鞋帮的钱给我们订了《少年文艺》《少年报》《青年文学》。一年又一年，母亲的缝纫机总是在清早或者深夜响起来。不做鞋帮的季节，母亲就用缝纫机给我们做衣服、改裤子、做被子、做床单，她还用碎布给我们缝了好多口袋玩儿。

我婚后到异乡谋生，母亲踩踏缝纫机的声音听不到了，我用了十多年的时间忙于生计、忙于孩子，直到前年才安家落户稳定下来，也才有更多的时间回去看父母。每次回去我都给母亲买些她喜欢吃的东西，但近两年却渐渐出现了这样的镜头：

我给母亲买雪糕买冰激凌，母亲说太凉，牙齿受不了冰；我给她买苹果买梨，她说吃甜的东西她的牙也会倒；我给她买猪蹄子——她以前是最喜欢吃猪蹄子的，记得多年前有次母亲过生日，姥姥给母亲送来两个猪蹄子，母亲掰开了分给大家，自己破天荒地也吃了一块，边吃边说，等我二姑娘以后当作家挣大钱了，我每年过生日的时候，你就给妈买两个猪蹄子啃吧——但热乎乎香喷喷的猪蹄子送到母亲面前，她却还是摇头，她胆固醇高，不敢吃肉。

我给母亲买核桃，母亲嫌太硬，她的胃享受不了。

于是我给母亲买衣服，但她的身体已经臃肿变形，穿什么衣服都不太受看；我给她换了超薄的三十七寸平板电视，但她的眼睛花了；给她换了羊皮沙发，她有腰椎间盘突出症，躺不了；我给母亲买戒指耳环，结果她的身体一到夜里就肿胀，耳环戒指都得撸下来，若弄丢了，还害得她着急上火。

开春的时候，我想带父母去海南玩，也坐一回飞机，结果母亲说心脏不好，医生嘱咐她谨慎出行。

我的母亲老了，她的缝纫机也装在箱子里，永远地躺在床下。母亲，当你的女儿挣到钱想孝顺你的时候，你却无法享受了。一种难以言喻的忧伤在我的心中弥漫着……

母亲，我用什么才能孝顺你？

yuán

[圆]

I found everything I need, You are everything to me.

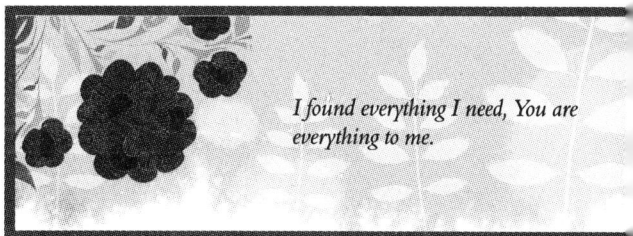

　　西蒙·凡·布伊说："也许我们每个人都只被分配到固定数量的爱，只有在最初遇见时才够用——初遇时候的一种千金难买的笨拙。而当这份爱离我而去，一切就变得艰难，因为我们得面对我们的人生，面对我们的过去，面对我们自己。"

四世同堂

桌是八仙桌，椅是大板椅。干果凉菜上齐了，酒也温热了。我们却陷入了茫然，一直坐上席的祖父不见了。

也不是不见了，祖父就在堂屋，只是睡在棺材里，棺材放在墙边儿。这是六年前除夕夜的一幕。祖父实在没能撑到过年，腊月二十八走了，寿终正寝，喜丧。

隔一天就是年，我们想着就让他在家里过年。于是，升起的灵柩落下来，落在木头上，老家管这个叫落墩……

我们站在八仙桌边上不知所措，因为以前总是他先坐下（祖母已离席多年），再捉个孩子陪他坐，我们才坐的。迟疑了一会儿，父亲坐在上席的一边，说："都坐吧，我陪你爷坐！"

上席的两把椅子，一把坐着父亲，属于祖父的椅子空着，桌子上放着筷子、调羹儿、小碟子、碗、酒杯，和我们面前的一样。

我们开始举杯喝酒，吃凉菜。老家的筵席，讲吃八大件子，四个热菜，四个热汤。四个凉菜，四个干果盘，是另外的，不怕伶，不回撤，吃零嘴，或者下酒。弟给祖父夹凉菜，父亲拦住说："你爷吃不了凉菜。"招呼母亲快上热菜。

第一个热菜是土豆粉卷豆腐末儿。土豆粉用水化开烙饼，再将豆腐切成细末炒黄散在上面，卷成筒状，再切成寸段，排在碗里上蒸笼。祖父爱吃，父亲给夹了一块儿说："伯（我们那儿管父亲叫伯），吃噢。"

第一个热汤，是羊肉炖白萝卜，炖得像泥。儿子说："太软。"我说："这样你太爷才吃得成。"自然也要给祖父碗里添一勺。

接下来的鸡蛋饺、鱼、蒸腊肠，接下来的蹄花、白菜煮丸子、小锅牛肉，都酥烂，都会被孩子们喊着没味道，可这合祖父的胃口。

最后一道菜是面面肉，有点像粉蒸肉，只是粉用的是细玉米粉，放花椒粉放盐先在锅里炒熟，然后把肥肉取皮，用玉米粉裹住。这才是祖父的最爱，肥而不腻，入口即消。这时，祖父的碗已经装满了菜，又拿来一只碗……

祖父的那双筷子一直没有动，干干净净的。那杯酒，慢慢冷了，再换一杯热的。年饭吃完了，老例给祖父泡上一杯茶，用的是他的杯子，杯盖上有字：可以清心也。几天前，他还在用。

等到收拾好桌碗，我们靠在棺材上合影。儿子甚至爬上棺盖儿，我没批评他，要是祖父活着，这是他乐见的。

守岁，我们坐在堂屋，因为祖父在那里，炭火烧得很旺，我们商量他的丧事，好像没有多少悲伤，那也是因为他在身边。等到正月初六，他入土时，我才突然觉得胸口像是挖了一个土坑，他到底是死了……

正月初一，我将昨晚给祖父夹的菜，一股脑热了，满满的一海碗，我们一起吃，奇怪的是这一回孩子没喊不好吃，反倒吃得津津有味。

儿子问："这一碗叫啥菜？"我想了想，说："就叫四世同堂吧，很难逢到，也很难吃到。"父亲拍他的脑袋说："咱俩努力，争取再来个四世同堂！"儿子说："我不会呀！"

这一下，我们都笑了。

cuī

[催]

《拆弹部队》

詹姆斯说："知道吗？等你长大了，曾经喜欢的东西也许会变得不再特别，就像这个玩偶盒，你会发现那只是一片铁皮加一个人偶，那些原本钟爱的东西会渐渐被你遗忘。到了我这个年纪，钟爱的东西也许只剩下一两件了，对我来说只剩一件了。"

时光的馈赠

这些年，我拼命地和时间赛跑，总有一种被遗弃的恐慌感。我和朋友不时说起时间，时间，时间。是的，说起时间，我就会想起那只钟表。

上学时，学校距家约十里山路。山村的凌晨，公鸡醒得早，站在院子里的任何一个部位，伸长脖子"呕呕油油"地鸣叫，就像我们十分熟悉的杨柳青年画上的那只神采飞扬的大公鸡。然后狗吠了，驴叫了，还能听见村子里谁家的大门开启时发出的"吱吱"声。若是日暖花开时节，有个我们通常叫做"天明鸟儿"的，比公鸡起得还要早，躲在院外稠密的树枝间，"吱——啾啾啾"地唱着，声音清脆绵长，笛子一般好听。这些，都是我们早晨起床的报时器。事实上，这些物候还是误事。比如，月亮特别亮的夜晚，昏睡的大公鸡突然醒来，一看整个世界通明透亮，以为应该报时，便鸣叫了起来，一只叫了，全村的公鸡就都叫了。山村的月光，也最能迷惑人的感觉。天还没有亮，却看见光从门缝透了进来，在黑暗的屋子里，划着些水纹一样的印痕。这时节，母亲迷迷糊糊地惊醒了，急急地拍着我们的脑袋，叫我们起来："快，快起来，要迟到了。"去学校的路上，月光使四周十分安静，安静得能听见狐狸在山坡上走动的声音。来到位于镇上的学校，校门还紧闭着，一副沉睡的样子。当黎明来临之前，瞬间的黑暗笼罩住我们以及小镇的时候，才知道不仅仅是来得早了，而是来得太早了。放学回家后，就僵着个脸，生气的样子让母亲惶惶不安。

同学小灵，是我们中最先有钟表的，他的父亲在距家四百多里路的一家运输车队开汽车，平时，除了能从油箱里抽出些柴油用于点灯外，还可以在冬季来临之前，从车下卸下一些黑得发亮的大炭——那是一个多么令人羡慕的职业啊。他叫我们去他家看那只钟表，表摆在桌子中央，头上有两只和自行车铃铛差不多大的碗子。小灵说，时间一到，它们就响，还强调说："准时得很。"于是，我们弟兄抱怨母亲："有个钟表不是就能按时去学校了吗？"

母亲愣了一下，说："那得多少钱啊！"

母亲虽然这样说着，但并不叫我们弟兄失望。不久，父亲就买回了一只闹钟，是红壳子的，长方形。我们十分兴奋，便在桌子上腾出一点地方，把它摆在中央，还在它的左右各摆上一个插了塑料花儿的酒瓶子。好几个夜晚，我趴在炕上，盯着那三只镀了夜光的针，觉得是三只小虫子，互相赛跑。闹钟上面的一只鸡坚持不懈地啄食，发出"滴答滴答"的声响，好像在我的胸膛走动，竟然难以入眠。有好几个清晨，我们弟兄先于闹钟设定的时间醒来，躺在炕上，等待清脆的闹铃声响起。我相信它一直走得很准，但别人一直说不准确。一天早晨，我们在上学的路上，就我家的钟表走得准与不准，争吵了一路。小灵说："咱们约好了是早上六时挨家叫同学们走，你却在六时过六分叫大家。"我说："是你家的表走快了。"吵吵嚷嚷时，一些同学说我家的表不准，一些说是小灵家的钟表不准，甚至还有人说："嘿，我家的公鸡最准了。"我心里不服，但真的怀疑我家的表走得不准。因为，当挂在墙上的广播报送"现在是北京时间二十点整"时，我和哥哥抢着拧钟表后面的钮儿。

那天父亲回家，我正坐在屋门坎儿上写作业，朦胧听见父亲问："这表走得怎么样？"母亲说："走得好着呢。"我立刻扭过脖子，大声嚷："啊？根本走不准的。"

父亲"哦"了一声。

钟表是父亲从县城买来的，那时节，他的工资才六七十元，这个钟表就花去了十六元。父亲把钟表装进帆布挎包里，骑着自行车，朝着百里以外的六盘山脚下的老家前进。一路上，他很是疲乏，但内心却很愉快。就在一个上坡的地方，一辆挂了空挡的手扶拖拉机迎着父亲，冲了过来。他被挂倒了，装着新卖的钟表的挎包摔到了路旁的地里。父亲爬起来，拣起挎包，掏出闹钟一看，原本走动钟表已经不走了。他摇晃了一下，表又走了起来，并且发出了欢快的"滴答"声，他又把表放进了包内。这次事故，摔碎了父亲的眼镜，擦伤了他的右脸颊，还有，他一直推着碰坏了的自行车回到了家里。

"表可能是摔坏了。"父亲惋惜地说。走时，他带走了这只钟表，几天后又捎了回来。但修理后的钟表仍然走得不准，它好像和人闹别扭似的，原来是慢几分钟，现在却是快几分钟。

"这也叫钟表呀？"我们常常对钟表表现出强烈的不满。

母亲说："有总比没有强吧？亏你们还念书呢。"我们便觉得理亏。几年里，就用减法校对时间。我家的表如果是十二时，那一定是十一时五十五分。

我找到工作的第二年夏天，我也骑着自行车从县城出发，赶回距县城百里的六盘山脚下的老家。半夜里，蛙鸣声或远或近，此起彼伏，恍惚在屋子里、头顶上回响。我突然想起了那只走不准的钟表，便聆听它发出的声响，但没有听到，黑暗包裹着屋子，屋子平静得出奇。天亮后，我瞅着摆在桌上的钟表，问母亲："没有上发条？"母亲平静地说："不走了。已经好几年了。"

钟表的确已经不走了，但工艺品似的，仍然占着桌上的那个位置。几年后，年迈的父亲对母亲说："这只表，修修，或许还会走的。"母亲说："不用了，娃娃都大了，用不上了。我也闲下来了。"我脱口说："那还不如把它扔了算了。"母亲惊诧地看着我，好像我犯下了什么不可饶恕的大错似的。这只钟表，母亲在收拾屋子时，用毛巾仔细地擦拭着，上面的瓷器一样的暗红色釉子竟然没有脱落下一片儿，仍然泛着深沉的光芒。

前几年，我的孩子也开始上学了，我和妻子总是先于她起床，为她准备早餐，然后叫醒她，再送她出门。现在，她长大了，虽然学校距家不远，但由于她晚上躺在床上，总要背着我偷偷看书，天亮便不能按时醒来，害得我和妻子仍要先于她醒来，冲着她的房间大喊大叫。这是我和妻子的一块心病。我对妻子说："给孩子买只闹钟吧？"就为她购买了一只钟表，是塑料外壳的，鸭子形状。从此，每到早上六时，钟表就会在孩子的床头上叫响："呷，呷，宝贝起床；呷，呷，宝贝起床。"每当这时，我躺在床上，迷迷糊糊地，想起老家桌子上的那只钟表。母亲那时很辛苦啊，白天在生产队劳累一天，本该在晚上好好休息，但为了能在清晨按时叫醒我们，她经常半睡半醒。这只钟表，或许，不仅仅是父亲给我和哥哥买的，可能，那也是父亲送给我的母亲的礼物——这应该是钟表至今仍然摆放在桌子上的唯一理由吧。

ān

[安]

I found everything I need, You are everything to me.

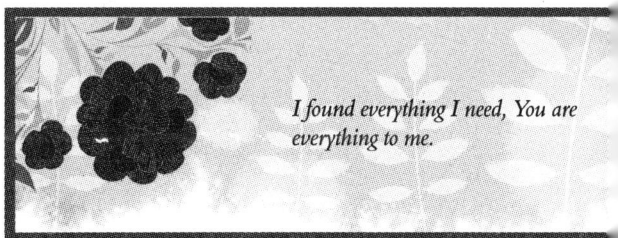

马克·吐温说："我给我母亲添了不少乱，但是我认为她对此颇为享受。"

云未必不知道

　　赵师傅在门口认真地锉指甲，我给他送上去一个微笑。锉指甲没有什么不正常，赵师傅是个汽车修理工，可他却长着一双不合常情的手。那双手很白，很干净，没有一丝污垢，连指甲也锉得整整齐齐。赵师傅还穿着一身西装，一双锃亮的皮鞋，完全不像一个汽车修理工的样子。当然，我没说汽车修理工不好，只是说赵师傅刚刚还是满身污垢，一下子就变了一个人。

　　赵师傅跟我说，他很小的时候父亲就去世了，母亲在他十八岁那一年得了脑出血，一直瘫痪在床。他到处为母亲求医问药，花了很多钱。自己又没什么文化，就在这里当了汽车修理工。母亲怕他花钱，吃起药来总是也不情不愿的。那次他发了工资，特地给母亲买了好多好吃的。本以为能哄母亲开心，母亲却一把抓住他的手，问他到底在干什么工作，千万不能累坏了自己。他就骗了母亲，说自己坐在办公室里上班，风吹不到雨打不到，喝喝茶水就能挣钱了。母亲却皱着眉头，说："你小子还想骗我啊！瞧你那手那么黑，指甲缝里都是黑乎乎的机油，还想骗人吗？"母亲要他辞去现在的这份工作，不能因为挣钱多些就这么累自己。

　　他是母亲的心头宝，她怎么舍得他辛苦。他假意答应，但并没有真的辞职。他不知道辞职以后自己能不能支撑母亲的医药费，可他找到了欺骗母亲的方法，因为他当时不知道要跟母亲怎么说，就借故出来洗衣服。那次衣服他没有糊弄，认真地洗了好久，结果洗完之后，他的手也变得十分干净。于是，他继续在那个汽修行干活，只是每天干完活都将指甲剪好锉平，再换上西装皮鞋，拿着公文包回家，俨然一个办公室的上班族。

就这样，他在这儿待了十年。现在他的母亲还瘫在床上，仍不知道他的真实工作。

他憨厚地笑，说母亲就像一片云，总是为他流泪。他不舍得，只好说一个善意的谎言来隐瞒。

我也笑，其实，云未必不知道。

第六章

我有一双翅膀，却被煮了羹汤

不是每一颗种子，

都要长成大树；

不是每一个名字，

都要写进史书。

梦想仍在烟火平生里浅吟低唱，

我却偷偷剪了翅膀，为爱煮一碗羹汤……

dé

[得]

《猜火车》

马克·瑞顿说："选择生命，选择
工作，选择终身职业，选择家庭，选择可
恶的大电视，选择洗衣机，选择汽车，选
择CD机，选择健康，选择胆固醇和牙医保
险，选择楼宇按揭，选择买第一所房子，
选择你的朋友，选择分期付款的三件套西
装……太多选择，你选择什么？"

我们不惑，因为天总会亮

　　年轻的时候总想要去看外面的世界，想要拥有轰轰烈烈的人生。年轻的时候，总是认为人的一生不同凡响，才能够体现出价值。然而，在社会的打拼中，我们却逐渐变得惶惑，尤其是随着年纪增长，逐渐开始怀疑所为之奋斗的一切，是否真的如同当初所设想的那样完美。面对社会上的各种交易，我们因为才华无法施展而黯然神伤，开始觉得成功太远，抱怨为何努力没有收获。我们开始变得自怨自艾，觉得人生仿佛一片灰暗。

　　他的名字叫飞扬，似乎意味着他未来的人生要充满丰富的色彩。他少年时代就为自己定下了要出去闯荡、出去看外面的世界的理想。果然，他以优异的成绩从大学毕业，而他的大学生活，也可以用辉煌来形容。在大学里，他参加各种活动，并且有一手出色的文笔。几乎所有的同学都认为他此后的人生注定是不平凡的，注定是充满传奇色彩的。但是，他终究抵不过命运的安排，大学毕业后，他被分配回家乡当了一名山村教师。

　　想要展翅高飞的他又怎么肯被命运打倒，却苦于贫穷的家境和狭窄的人际关系，他无力改变什么。于是，曾经海誓山盟的在大城市长大的女朋友，也离他而去。他的心情简直糟糕透了，他躁动不安的心怎么都安定不下来，他想要出去闯荡，去寻找属于自己的理想。

　　于是，在教书一年后，他利用暑假，离开家乡，去了繁华的大都市——上海。

他有一个朋友在上海一家大公司混得不错。于是，在朋友的推荐下，他也顺利地进入了该公司。很快，他的才华就得到了展示，于是，他干脆办了停薪留职的手续，准备在这座大城市好好打拼。

他很快获得晋升，和朋友经常出入高档的场所，看上去就是一位成功人士。他开始享受在大都市里的生活，享受奢华和激情，他感受到，这就是他所追求的生活。

可天有不测风云，年轻人的浮躁并没有从他们身上褪去。他的朋友在一次酒醉后跟公司高层主管起了冲突，大打出手，最终使高管致残。之后，朋友逃之夭夭，而这位高层主管是老板的亲戚，老板自然要拿他出气。尽管事件与他无关，但是此后老板开始凡事都针对他，直到弄得他被迫辞职。

他开始独自去找工作。这时他才发现，尽管他有出色的学历，但是没有大公司愿意高薪聘请一个没有业务能力、没有成功案例的文科生。而太小的公司和微薄的待遇，他自然也看不上。就这样，他终于发现理想跟现实差距很大，在这座大都市里生存，并不是件容易的事情。

后来又联系上一个同学，同学在北方的一座城市发了财，于是他被叫了过去帮忙。同学开了个煤窑，效益不错。他去了之后，同学让他负责安全生产的监督和管理，并且享受很高的待遇。但随着时间的推移，他就发现煤窑里农民工的工作十分艰辛，生命在这里十分脆弱。他们简直不把工人当人看，时常有事故发生。但是，他的同学，也就是煤窑的老板，使用了各种手段隐瞒了事故。

同学告诉他，只要有钱，就能搞定一切。他不止一次质问同学，为何不把钱花在建造安全设施上。同学说，不值得。这令他一阵心凉。

终究，在一次大矿难中，死了很多人，同学携款潜逃，最终被抓进了监狱。他自然受到了牵连，等身上所有积蓄花尽，他再一次失去了生活的保障。

不知道是消极情绪的影响还是其他，他此后辗转到过很多城市，继续寻找他的理想，但是，没有一次是如愿的。为了生存他甚至当过建筑工地的民工，卖过汽水，捡过垃圾。有一次，他实在没有钱吃饭了，饿了两天、蓬头垢面的他就在地铁站里当了一回乞丐。但他仍旧死要面子，每次打电话回家，总是兴高采烈地跟父母吹嘘自己过得多么好。但每次打完电话之后，他都恨不得找个地缝钻进去。

直到有一天，他接到了父亲的电话，父亲对他说："儿子，回来吧，我们知道你过得辛苦，回家吧。"这一句话令他瞬间泪流满面。他再也忍不住了，对着电话号啕大哭。

临走之前，他去监狱看了看自己那位因煤窑事故入狱的同学，同学老了很多，并且还要在监狱里待上十几年。人生中最宝贵的时光，就只能浪费在监狱里了，这令他十分感慨。同学感伤地对他说："别折腾了，回去好好过日子吧。"

他想着自己所经受的一切，恍然间明白了什么。

之前的学校，因为他离职太久，自然是无法回去的。但是他也不强求了，他开始让自己的心安定下来，跟父母下地劳作，为家里要种什么果蔬提出建议。生活仍旧清苦，但他却感到十分踏实。他毅然拿起了曾经丢掉的书本，结束了一天的劳作之后，他会开始认真地复习。

一年一度的教师招考到来，他义无反顾地报名参加。最终，他再次顺利地成为一名教师，当他告诉父母自己被录取的时候，年迈的父母脸上终于露出了笑容。这一次，他却感到如此的踏实。

尽管被录取，但他却要被分配到远离家乡的一个小山村去。这次，他没有埋怨，反而十分珍惜这次机会。他认真教课，他将这当做他此生的事业来做，兢兢业业，踏踏实实。他的教学成绩十分优秀，闲暇的时候，他常常写一些文章，或是抒发人生得失，或是呼吁乡村教育。由于文笔出色，他成了几家知名教育报的特邀作者，小有名气。

时间飞逝，转眼间他到了不惑之年。跟那些成功人士相比，他实在算不上成功。乡村教师，的确算不上多么伟大的事业。放眼身边的同学，有的成了高官，有的成了商人，赫赫有名的很多。但是，也有当了高官的同学身败名裂，当了商人的同学一夜破产。他呢，只是名字在一些报纸上频繁出现，只是已经成为全国的优秀教师。跟同学聊天的时候，他常常听到他们说活得很累，活得不知道自己想要什么，活得不知道这是否是自己想要的生活。

但这一次，他不再彷徨，不再疑惑，他断定自己现在的生活就是自己想要的生活。他拥有和和美美的家庭，拥有稳定的工作，拥有能够抒发情怀的文字，这难道不就是人生的真谛吗？一次，他的一位整天忙得连觉都睡不好的同学给他打电话，说是读了他的散文，十分羡慕，也想像他那样，躺下来，看看天空的白云和飞鸟。原来，这平淡简单的事情，在同学眼里，却成了奢侈。

人生在世，追求的其实不就是那些微小但确定的幸福吗？

yōu

[忧]

I wandered lonely as a cloud
that floats on high o'er vales and hills.

　　利利·弗兰克说："此时独自一人，苦于孤单、时时不安地活着；此时却并无畏惧，内心坚定地活着。"

致终将逝去的青春

总是在失去一些东西后，纠结出很多想法；总有那么一些片段，始终在脑海里盘旋不定。也许不曾珍惜，也许不曾失去。青春，总是太容易伤感。

今天是我三十四岁的生日，漂在北京的第十五年，曾经我引以为骄傲的青春，就要这样成为过眼云烟了吗？我不甘心，然而，时间是个让人无比伤感与害怕的东西，我不得不承认，我已不再年轻。

纵使我再怎么想象我十八岁的样子，却不得不面对现实。因为那些爱过痛过，哭过笑过的时光深深地镌刻在年轮上，原本清晰的过往也逐渐模糊不清；因为曾经的年少轻狂，不知何时已荡然无存，现实是不得不为的年老细思量；曾经的如花似玉，不知何时已悄然而逝，现实是奋斗在抗皱边缘和华发已生；曾经的无知无畏，不知何时已更乐于安身立命，工作和家庭成了生命中第一重要的事情。

连身边的同行者也越来越年轻了，在似有似无的竞争中，我对年轻就是资本又加深了一层理解，或许只是因为我再也没有勇气信誓旦旦地说：我依然年轻。

曾经，骄傲的我，怀抱着崇高的梦想，奔走在北京的大街小巷，不对艳阳仰视，不对烈日弯腰，只为寻找内心深处最真的梦想。我制定着一个又一个计划，一个又一个目标。即使生活得再艰难，都会想着只要自己努力，一分汗水终会有一分收获，我一定会拥抱我的目标。甚至，面对挫折，面对无奈，我会大吼：生活总会遇到冰山，这不过只是在经历黑暗，黎明正在向我招手。抹掉泪水，再擦一把汗，继续前进。那时的自己相信命运掌握在自己手中，相信一切事在人为。然而，十年后的今天，微笑仍然挂在脸上，只是那么勉强，慢慢开始倾向命理学，相信一切都是命、心强命不强。无奈了，沉稳了，不再随便抗争了。

曾经，单纯的我，以为只要有爱，距离不是问题，生活不是问题，一无所有也不是问题。因为我有心，有一双勤劳的双手，我自认为能经营好自己的爱情和家庭，能创造一间属于自己的小屋。当我们彼此牵手时，一切是那么美好。在海边，雨过天晴的七色彩虹映着你幸福的笑脸，你挥洒着汗珠大声感叹"海内存知己，天涯若比邻"；在熙熙攘攘的人群中望不见彼此的身影，就会发短信问"我怎么看不见你了？"我们都不想离开彼此的视线；在香山的山顶，我们会为坐不坐缆车而打赌，争着抢着去爬到最高点……真的，真的不希望这一切是梦。可美丽的梦都是容易破碎的，只能远远地欣赏，不能占为己有。缘生缘来，缘起缘落，他转身离开，留我独自彷徨。

一次又一次徘徊，一次又一次张望，另一个他始终未出现。曾经面对父母的催促，我告诉他们结婚的早晚不是衡量幸福的标准。十年过去了，忘不掉的是父亲临走前的欲言又止，留在耳边的是母亲年年的一声叹息和期盼，我成了他们未了的心愿。我担忧了，我着急了，我没有底气了，我夜不能寐，因为我不知道我老了要去哪里。于是，我现实了，我要为我自己打算。于是，开始计算卡里的钱，开始打听哪里的房子最便宜，开始计算月供多少才不算负担……

曾经，与同学半夜不睡步行到圆明园看烟花；曾经，一块面包一瓶水，与同学骑着自行车逛遍大半个北京城；曾经，狂奔在上下班的路上，没有一刻休息也不觉得累；曾经，一口气跑好几个山头，马不停蹄，直到双腿不能屈伸还在欢笑；曾经，医院和药店的门朝哪里开，鬼才会关心；曾经，猛吃狂喝也不会担心身材走样；曾经，感冒神马都是浮云……不知道从什么时候开始，路走多了会觉得累，自行车落满了灰尘都不想碰，感冒时不时地光顾还外加发点小烧，控制不住的是体重，熬不住的是岁月流逝之后骨头在变硬，时时处处都在提醒着我，我已经不再年轻……

曾记得当年在北京过的第一个生日，宿舍里的同学有人给我买蛋糕，有人给我买鲜花，有人给我唱生日歌……一幕幕如在眼前；曾记得，当年的情人节圣诞节中秋节，逢节必乐，哪怕只是在宿舍里和同学一块月饼一个苹果一个梨，我们都能乐得开出花儿。不知道从哪年开始，一到过节，心中的沉重胜过了欢欣，凄凉压住了亲情和友情。只想躲开所有的气氛，一个人静静地待着，能与世隔绝才好。生日是什么，最好不要提醒我；节日是什么，我真的不想知道。

但是现在，我又变了，我不怕了。我不会倒下。我慢慢学会了坦然地面对青春的逝去，笑对生活的压力和现实的粗粝。我能很坦然地告诉任何人我的年龄，很坦然地面对亲戚朋友的关心和询问，不再害怕节日的喧闹……当轻狂褪去，我知道无所顾忌并不是潇洒，成年人的世界需要爱与责任的支撑才能不至崩塌。当年轮爬上母亲的面颊，黑丝里生出华发，我又怎能沉浸在青春的过往里不肯醒来？倘若爱当真是一场轮回，就让我来负责继续宠爱母亲吧，连同离去的父亲一起……

北漂十五年，有欢笑，有伤痛，流过血，流过泪，曾经兵荒马乱的爱情和兜兜转转的追逐是青春独有的炽烈，它们和北京这座城一起烧铸了现在的我。我偶尔忧愁，却并不害怕。

是的，青春将逝，可那又怎样？人都得长大。

xíng

[行]

I wandered lonely as a cloud
that floats on high o'er vales and hills.

《堕落天使》

何志武说："当你年轻时，以为什么都有答案，可是老了的时候，你可能又觉得其实人生并没有所谓的答案。"

弯路

　　曲折与坎坷，是人生中经常遇到的现象，要想顺利抵达遥远的理想彼岸，就应该能屈能伸，把经历的弯曲看成是前行的另一种形式、另一种途径。

　　有时，人生如干涸的沙漠，让我们颓废不堪；有时，人生如坚硬的荆棘，让我们不敢触摸；有时，人生如险峻的高山，让我们望而却步。但只要我们征服了它，那么沙漠中也会发现绿洲，荆棘中也能看见坦途，高山上也有秀美的风景。

　　走弯路其实是一种螺旋式的发展。

　　喜欢绘画，是在读中学的时候。像他不羁的性格那样，从第一次拿起画笔，他的眼睛里便没有一位崇拜的老师。他对那些绘画教材上的理论和方法，从来不屑一顾，也不在意别人的评价，只管随意画下去，完全由着性子，自由而放纵。

　　他报考过好多所艺术院校，但他特立独行的画作，始终未能引起阅卷老师的关注。失败，一次接一次，爆豆似的，劈头盖脸地打在他青春飞扬的脸上。

　　有老师善意地劝他，不妨去参加一个辅导班，先摸一摸艺考的正路，免得走了弯路。

　　他自然是不肯听的，依旧按着自己的心思，画自己心目中的"杰作"，连续三年参加艺术院校的本科考试，都铩羽而归。一颗倔犟的心，也曾被失败磨砺得在某一刻柔软过。他曾呆呆地望着那些画作，怀疑自己是否真的误入歧途。然而，他最终还是不肯低头，仍在自己认准的道路上磕磕绊绊，直到昔日的同窗大多已从艺术院校毕业，有的成了小有名气的画家，有的成立了创作室，有的做了艺术院校的老师，而他的作品依然无人问津。

偶尔，他听到有人私下里嘲笑他是"给凡·高磨颜料的"，早已考学无望的他，也只是淡淡地一笑，什么都不说。

父母对他的偏执，很是头疼，但软硬兼施的结果，是他初衷不改。父母只得无奈地看着他"走火入魔"，彻底放手，不再管他。

好在当煤矿老板的舅舅很喜欢他，给他足够的钱，任他背着画夹，天南海北地游荡。尽管他的画作，没有丝毫艺术细胞的舅舅也根本看不懂，但就是宠着他，近乎溺爱地随他在自己臆想的世界里天马行空。

那年六月，烟雨迷蒙的周庄，临河的阁楼上，饮罢一碗米酒，望一眼窗外形形色色的游客，他陡然生出作画的冲动，便拿起画笔，在餐桌上飞快地勾勒起来。

"好画！"不知何时，一位很有些仙风道骨的老者站在了他身后。

"真的？"第一次听到有人赞叹，他竟有些羞涩，尽管他骨子里一直坚信自己虽然画得不是很好，却也绝非一无是处。

"有境界，有个性，只是力度大了一些，露出了明显的生硬，许是年龄的缘故，但假以时日，自会大有改观。"老者微笑着捋须点拨道。

"多谢大师指点！"已收敛了许多傲气的他，听老者的评语还是很顺耳的。

"若想画得好，需静心品悟。"老者扔下这句话，便翩然离去。

漫步在周庄弯弯曲曲的河道、桥梁和小巷间，他一遍遍回味着老者赠他的寥寥数语，幽闭的心扉，陡然射入了一丝光亮。

两年后的一天，他在街头作画时，被香港一位著名的书画收藏家看到。那位收藏家竟然让他开价，说要收藏他近两年创作的所有作品。

他起初以为收藏家是在开玩笑呢，便随口说了一个天文数字，没有想到收藏家居然一口就答应了。

他惊讶地问收藏家："我可是一个不知名的画家啊，出这样的高价，难道您不怕投资失败？"

收藏家一脸自信地道："年轻人，我不会看走眼的，你的画作一定会让我赚钱的。"

果然，又过了十年，他终于声名鹊起，作品畅销海内外，一幅画作动辄数百万元。而他，此时刚过不惑之年。

如今已经客居意大利的他，在一次接受罗马电视台的专访时，谈及自己的成功经验，他给出了平淡而耐人寻味的六个字——弯路也能走远。

当年那些在绘画路上顺风顺水的同窗，虽然也各有收获，但都没有他的成就显著。或许真的像那个大家耳熟能详的成语说的那样——曲径通幽，通往艺术深邃境地的道路，更喜欢弯弯曲曲，而不是笔直顺畅。

而他，也由衷地庆幸，自己没有轻易地转身，才赢得了今日的柳暗花明。

xìn

[信]

I wandered lonely as a cloud
that floats on high o'er vales and hills.

《当幸福来敲门》

克里斯·加德纳说："如果你有梦想的话，就要去捍卫它。那些一事无成的人总是想说别人也成不了才。如果你有理想的话，就要去努力实现。就这样。"

别说做不到

天空阴得厉害，黑暗笼罩着世界，大雨顷刻就要到来。坐在教室里的李凌云，最喜欢这样的天气了。李凌云看着窗外，闻到了雨的味道。李凌云又开始走神了。对于李凌云来说，在一堂课上走神，就像是每天的一日三餐一样，再正常不过了。李凌云想到了外星人，他们应该是倒着走，脑袋在下，腿朝上，因为这样的生物都聪明。李凌云还想到了黄河，黄河水里有一条龙王，龙王身上长有蓝色的闪闪发光的鳞片……

"李凌云！"一个狮吼般的声音冲击着他的鼓膜。

李凌云站起来，他心里清楚，又被老师发现了。

老师说："李凌云，我们讲到哪一段了？"

李凌云支支吾吾地答不上来。老师把书摔到书桌上，啪的一声，吓得同学们一个激灵，李凌云倒是没什么反应。

老师怒道："李凌云，你说说你是个什么样子？你的成绩真是稳定呀，倒数第一，连续四年保持不变。你学习不好也就算了，还整天到处惹是生非，跟同学打架，欺负女同学……你说你还想干什么，你到底想干什么！"

李凌云没有说话，老师接着说："就你这样的学生，无药可救，你干脆别读书了，回家吧。"

李凌云知道，老师说的是气话。但是，外面的天气是那么吸引人，李凌云想出去玩，于是，收拾了书包，径直走出了教室。

老师气得脸都红了。

李凌云在外面玩了一会儿，就回家看书去了。大概没有人知道，李凌云竟然喜欢看书。认识李凌云的人都知道，他是一个坏孩子，将来会是一个小流氓，长大点会是一个大流氓，再大点会进监狱的。

可就是这样的一个孩子，却喜欢偷偷地看书。李凌云家的邻居，是一名退伍军人，他有一柜子的书。李凌云和他的孩子玩得好，总去那里借书看。李凌云六年级了，快把那一柜子的书看完了。需要补充一下，柜子里的书全是经典名著，没准其中的大部分是李凌云的老师都没看过的。

李凌云喜欢写东西，他有一个带密码的日记本，是爸爸送给他的。李凌云有灵感了，就会写在日记本上。文字或长或短，风格各异。

第二天，老师把李凌云的母亲叫来了。李凌云的母亲打了李凌云一巴掌，然后，笑着对老师说："老师，你费心了，这孩子就是不听话。"

老师说道："教育，不仅是学校教育，还有家庭教育，从某种意义上说，家庭教育比学校教育更起作用。"

李凌云的母亲笑着对老师说："老师，你说得对，你教育得对。"

老师又对着李凌云说："李凌云，你以后要好好学习，不能再这样了，你说你再这样，你将来能干什么？"

李凌云忽然说道："我将来想当作家。"

老师和母亲都愣了一下，随后，老师冷笑一声，说："你还是先把汉字学好了再说吧，还当作家呢。"

母亲又打了李凌云一巴掌，说："你别胡说八道。"

那天晚上，李凌云在被窝里偷偷地哭了，自己也不知道为什么，只是一想到老师今天的话，眼泪就止不住地流。泪水湿了枕头，嘴不小心碰到枕头，像盐一样咸。

小学毕业典礼，李凌云当着全班同学的面说道："我的梦想是成为一名作家，我现在正在看书，看各种各样的书。"所有的人都笑了，在他们眼里，李凌云是坏孩子，他的人生注定一事无成。相反，在他们眼里，自己都是好孩子，将来一定能成为栋梁。

初中的时候，李凌云跟语文老师说，他想当作家。语文老师也是干巴巴地笑了一下，鼓励他说："文学是要靠天赋的，不仅仅是努力就可以的。"

当天晚上，李凌云在被窝里哭了。可是，第二天的太阳很大，李凌云继续看书去了。

初中的时间都花去看书了，成绩一塌糊涂。李凌云去了一所私立高中，那里是盛产流氓的地方。曾经认识李凌云的人，听说这件事后，一点也不惊讶，在他们心中，李凌云上这样一所高中，是理所当然的事情。

在高中，李凌云没有跟他的语文老师说，他要当一名作家。因为，这时的李凌云不想再承受那些打击和嘲笑了，他的心灵需要一些鼓励。李凌云有了一个女朋友，是他的同班同学。李凌云很喜欢她，对她说："我想当一名作家。"

女孩子说："你别开玩笑了，就你那点墨水，还当作家呢，快好好学习吧，以后能找到一份工作就不错了。"

第二天，李凌云和她分手了。

高中的时候，李凌云写了几篇文章，投给了几家杂志社。但那些稿件不要说石沉大海了，应该是石沉黑洞了，连个回信都没有。

一晃高中也过去了，李凌云的成绩坏到了极点，意思就是，在最坏的高中创造了最差成绩的历史。但是，不管成绩多么差，李凌云还是被一所大学录取了。

不看分数的大学，在那些人眼里，简直就不能称为大学。本来李凌云也不想继续读书了，但是，当看到招生简章上说，这所大学有一个全市最大的图书馆，这才决定去念大学。

在大学，李凌云把自己的文章给汉语言学的教授看了，教授跟他说，文学是要看天赋的，不是每个人都适合从事文学的。连教授都这么说了，李凌云想，也许真是到了放弃的时候了。这一场白日梦他做了十八年了，也该醒了吧？他相信了这一路上所有人的话，"你不适合从事文学"，"你不可能成为作家的"……当天晚上，李凌云没有哭，他拉上一个同宿舍的哥们，跑到酒吧喝酒。

李凌云有些绝望地说："我就想当个作家，可看了那么多的书，还是不行！"

那哥们喝得有点多，说："谁说你不行了，谁说的？我去揍他。我跟你说，凌云，你就是一个作家，你天生就是一个作家。"

李凌云喝得不多，说："你真的那么认为吗？"

那哥们说："那是呀，你看过那么多书，你不是作家谁是作家，你是全中国最好的作家，不，你是全世界最好的作家。来，咱们喝，伟大的作家。"

李凌云听了这几句话，不禁眼睛发酸，说："对，我是全世界最好的作家，来，咱们喝。"

也许坚持梦想根本不需要什么理由，那些所谓的理由，统统都是借口，原因只有一个，那就是不想放弃。

李凌云又在图书馆看了四年书。

大学毕业，李凌云找到了一份工资很低的工作，说得好听点，叫保洁员，说得不好听点，就是一洗厕所的。这时候，李凌云的第五本长篇小说刚写完，之前写过的四本，无可厚非，都没有发表。现在的李凌云也不求小说能发表，只是单纯地想写，心里憋了很多苦闷，只有文字，才能发泄出那些心里的东西。换句话说，文字是李凌云的疗伤工具。

但是，上帝喜欢李凌云这样的孩子。

他的第五本书出版了，并且畅销了，更意外地得到了很多书评人的一致认可。

这一切来得太突然，在写下这些文字的时候，一切文字的技巧都失色了，我不知该如何铺垫。或许是传说中的"一万小时理论"，或许是机缘巧合，反正，老天爷是最好的剧作家，没人能猜到结果，事情就是那么突然，李凌云成了作家。也许，他早已成为作家了，只是，没有人发现而已。

这一次，李凌云又哭了，眼泪流进嘴里，不是咸的，而是甜的。

李凌云在自己的书的前面有一段话：当别人跟你说，你的梦想太不切实际时，他们没有说错，他们的意思是，他们做不到，不是你！

yuàn

[愿]

I wandered lonely as a cloud
that floats on high o'er vales and hills.

《魔幻旅程》

托尼说：“你能给你的梦定一个价格么？”

一只风筝的故事

　　我们都想飞，高高地飞，为了未知的梦，争夺未知的荣耀，前赴后继，争先恐后。

　　很久很久以前，有一只高傲的风筝，它自由快乐，无拘无束。和其他整日只会取悦主人的风筝不一样，它始终是那样桀骜不驯，听不见任何人的使唤，即使主人奔跑得已经筋疲力尽，它仍不会被绳索和风向所牵绊，肆无忌惮地翱翔。正是由于它的这种桀骜，主人反而更喜爱它了。

　　也许是它性格的与众不同，也许是它外表的出类拔萃，这只风筝倚仗它的桀骜很快便名声大震，许多买家相继竞争购买，使得这只平凡的风筝经历了许多不平凡的事情。从一个小小的普通主人调换到专业风筝爱好者，再到慈善竞拍会、工艺品展览等，商人们抑或是为了自己的名誉，抑或是为了取悦某个人物，艺术家们或是为了宣扬"民族文化"，或是为了赞赏物质充沛下精神文明的发展，这只被冠以"最美"之名的风筝，辗转了多个卖家与主人。

　　最开始，它只是一只不起眼的风筝，这些标签和名头加在身上成了一种迫不得已的作秀。可是表演渐渐成了生活的主要部分之后，虚伪成为一种习惯，它会令人忘记本身的位置和目标。从这以后，这只风筝便真的沉迷在纸醉金迷的岁月里了。它的价格一度飙升，牵绊的绳索也变得越来越牢靠，从棉线到鱼线再到银丝，这一切更加加重了这只不自量力的风筝对自我的肯定和骄傲，甚至让它有点目中无人。

终于，它如愿以偿地实现了作为一只风筝的最高价值——它被收藏了。

它成了名副其实的不菲之物，独享人群中最高的赞誉与荣耀，它昂着头哼着小调，兴奋之余瞥到了身边的同伴。这时，它的神色开始凝重，在琳琅满目的收藏面前，这只风筝第一次看到了自己的全貌。

左边是镀金的海外珍宝，右边是产自海外的精工木雕，哪怕是那只缺口的瓷瓦罐，起码也是唐代的身价，冠以"父亲"是李氏王朝之名，甚至是那架吱呀作响的纺织机好歹也有一个"锦衣"二代的背景，而自己，一只毫无价值的风筝，没有历史价值，没有经济价值，也没有文化内涵，在收藏品中一无是处。

以前，是以貌取悦众人的工具，如今又落得在众生相中自我嘲讽和被戏弄的下场。

它不甘心，它怎会甘心？即便再出名的书法家题字，最优秀的画家亲笔，但终究只是一张白纸的底子，经不住岁月年轮的侵蚀。而收藏室里阴暗的环境，自然也躲不过日复一日的冷落。于是，它努力使自己静下心来，低下头来，开始反思人生。

它知道它的价值就是重返蓝天，那是专属它的价值，这里的世界不是它要的梦想。

平淡生活下表面的华丽，实际上是对自我的一种屈辱，它是不拘于绳索的，似乎整个身体负荷着某种关于命运、关于自由、关于追寻的宿命。

而它，也终于在付诸努力和等待后，如愿以偿。

风筝可不是古董，好看可以留着，可是时间久了并不见得更值钱。总会有风筝超越你，你所拥有的才华与优势，别的风筝也会有，你所有拥有的珍贵，别的风筝也可以有。不过，这不重要，因为风筝活着不是为了等待被超越，而是做自己。

它终于等来了，另外一只风筝取代了它的地位。而它则被收藏家送给七岁的孩子，孩子拿着它出门了。

重归自由的生活又一次使它信心满怀，它开始不断学习进步，它明白自己要成为的是一只有内涵的风筝，它不再倚仗傲人的姿貌，不再炫耀美丽的身形，不再肆意倔强的脾性。那些曾经骄傲的资本终究会随着年华的老去而烟消云散，而永恒不变的，就只有铭刻在人们心中那生生不息的历史，它要出类拔萃，它要名垂风筝史！

追求梦想有时候是很虚无的东西，可这虚无有时候便是巨大的力量，它能让你冲破一切阻挠，成为最坚定的理由。

有一天，正在飞翔的它听到了一阵风笛，那音乐美妙而动人，时而起伏延绵，引得身心荡漾。这似乎就是它苦苦追求已久的梦想。

它想起了荆棘鸟，为了最美的声音义无反顾地踏上死亡，而它也应该在这样的有价值的追求里实现自我的人生，于是它的心里开始蠢蠢欲动，接而日复一日的强烈，安逸的生活不能牵绊住一颗有了梦想和追求的风筝。它要飞，要用尽全身一切力量去翱翔。

可惜那个牵引着它的绳子总是没有商量的余地，这是一根陪伴了它多年的绳索，它老老实实地完成自己工作，全无丝毫懈怠的意思，尽管风筝如何努力也都不得白费告终。努力后的风筝终于变得忧郁起来，它不再高昂着头四处张望，它歇斯底里地埋怨、嘶吼。面对未来的未知与迷茫，努力了却没有结果，它开始叛逆、反抗，它不再保持冲刺的姿势向未知的远方奔跑。它整日沮丧，而属于它的骄傲开始慢慢零碎。

这一切绳索看在眼里疼在心底，它不舍风筝离去，他们的宿命向来都是生死相依，不论是失魂落魄的它，还是金碧辉煌的它，在绳索眼中，它都只是一只需要绳索的风筝，守候是它不变的责任和义务。可渐渐地，它再也看不到风筝的桀骜与狂笑，它看不到那份倔强里骄傲的面容，它终于明白，宇宙轮回的法则中，根本没有宿命，即便有，宿命也拴不住想要飞走的心。

在又一次的飞翔中，绳索迎着风耗尽了生命全部的长度——将风筝推向了美丽无垠的天空。这是它最后一次毫无保留的馈赠，它微笑着望了一眼风筝，缓缓地松开了紧握了一生的手，它知道，这一松手，就再也没有机会相见了，但它明白，松开手，才能给风筝想要的生活，它含着泪水、带着默默的祝福从万丈高空垂直而下，最后一眼，它看着它的风筝越飞越远，变成遥远天际中一个小小的点。

这是一只风筝的故事，也是一条绳索的故事，但又不仅仅是它们的故事。

zhì

[志]

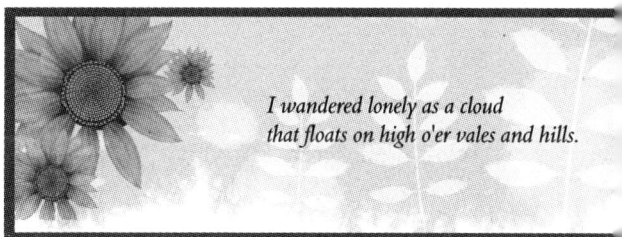

I wandered lonely as a cloud
that floats on high o'er vales and hills.

《燃情岁月》

印第安老人说："有些人能清楚地听见自己内心的声音，并且遵循它而活。其中一些成了疯子，另一些成了传奇。"

杨大爷的道理

　　我去杨家湾的这一天是杨洪涛衣锦还乡的日子。杨洪涛走的那一年二十二岁，回来的这一年三十岁。这八年，杨洪涛也打了一场漂亮的抗战。当年走的时候杨洪涛是一个人，回来的时候他带着可人的娇妻和娇妻腹中的胎儿。

　　杨洪涛在村子里大摆宴席，当众给村小学捐了十万块钱，还当场承诺，这钱先用着，不够了跟我说，再拿。而这场宴席里，坐在上座的不是杨洪涛，而是一位老者，杨洪涛说那名老者才是今天的主角儿，并带着妻儿上前见礼。杨洪涛说，没有这位老人家就没有如今的杨洪涛，如果不是那位老人家的教诲，他杨洪涛大概会成为所有人唾骂嘲笑的典型，家长教育孩子的反面教材。对于杨洪涛的肺腑之言，老人没有什么表示，只管大口吃肉，大碗喝酒。

　　这位须发皆白的老人颇似老顽童，眉宇间还带着似有似无的道骨仙风。其实，这并不是哪位神仙下凡，在场的人都认识这位老者，说他不过是村上的一个羊倌，大名也没人记得，所有人都叫他老羊倌。

　　杨洪涛在酒席间讲了一段往事。九年前，他出去打工，认识了同在服装厂干活儿的打工妹潘凤儿。都是老乡，身处异乡总是相互有个照应，一来二去地两个人就处上了朋友。杨洪涛很爱潘凤儿，可服装厂的厂长也一直对这个漂亮的姑娘垂涎三尺。厂长自然比他这种打工仔有钱有势，不仅给潘凤儿送去了大量的衣服、化妆品，还辞退了杨洪涛。凭借在当地的势力，把杨洪涛打压得走投无路。最后，身无分文的他连老家都回不了了。潘凤儿也并非无情，大概也是受迫于自己一个人在异地的孤独打拼，最终答应了厂长的求婚。潘凤儿曾经找到杨洪涛让他放弃与自己的这段感情，因为在那里，他们都是势单力孤的打工仔，大家都是为了有一个好的前程才背井离乡，她真的不想他在这里为了自己被人排挤。她自觉对不起他，也觉得他这样或许真的不值得，而那个男人能给她一个衣食无忧的未来，这样的未来又是多少像她这样的打工妹求之不得的。最终，潘凤儿给了杨洪涛五百块钱，并承诺那是她自己的钱，与那个男人无关，从此便与他断了联系。

这件事情对杨洪涛的打击很大，他觉得自己做人的尊严也一并失去了。像他这种毫无根基的人，再怎么努力也无济于事。就连心爱的女人都保不住，辛苦打拼又有什么意义？在思想纠结中，杨洪涛拿着潘凤儿给的五百块钱买了回乡的车票。回到家里之后，他便堕落了。他觉得他的世界因为潘凤儿的缺失而残败不堪。他自暴自弃，破罐破摔，嗜酒如命，烂醉如泥，满心怒火，惹是生非。

那时候，村里人见到杨洪涛都纷纷避让，唯恐惹祸上身。他成了村里最让人讨厌的人。大家对他嗤之以鼻，在背后对他指指点点，可他却不以为然。他觉得那已经完全伤害不到他，最大的伤害已经伤害过了，这些算得了什么呢？甚至那些指责可以让他不再那么悲伤。哀莫大于心死，既然心已经死去，任何事情对于他来讲，都没有意义。

有一次，杨洪涛又喝多了酒，在田间地头瞎转悠，老羊倌儿叫住了他，用一块打羊的石头，不偏不倚地砸在了他的小腿上，砸得有些重，让他一个趔趄差点摔在地上。他刚要发火，老羊倌先说了话："有本事你就把它追回来啊。"那语气分明是呵斥。原来，老羊倌儿拿了一块饼子扔给陪他放羊的那只狗，扔得远了些，狗有些慵懒地朝他看。老羊倌就说了这么一句。杨洪涛的气突然就没了，取而代之的是深深的悲伤。他总觉得老羊倌儿的那句话不是在说狗，而是在说他，就不觉回了一句，可她已经要嫁人了啊。

"狗儿啊，你还有时间，你还有力气，你什么没有啊？凭自己的本事把它追回来啊，要不然就真的被哪家的野狗叼了去了。"老羊倌儿说这些话的时候始终没有看他，而是看着他的狗。

不知道为什么，杨洪涛的心里突然暖了那么一下，他回村里这么长时间了，这是头一次有人明白他的心思。他就凑了过去跟老羊倌儿聊起天来。

三天以后，杨洪涛收拾了行囊，再次南下。这一走就是八年。这八年中他在餐厅端过盘子，给仓库送过货，卖过蔬菜水果，后来开了果蔬店，因为他为人正直实在，现在已经开了八家连锁店。一个报社的记者，来采访他创业的历程，而后竟然爱上了他，并成了他的妻子。他们共同努力，在城里买了房子。八年过去了，他不再是当年的杨洪涛。他说这一切都归功于老羊倌儿，他叫他杨大爷。杨洪涛说就是杨大爷的那一块石头打出了今天的他。当然也有人惦念潘凤儿的去向，杨洪涛哈哈一笑，说："她有她的幸福，我有我的幸福，当年杨大爷教给我的不是怎么样去夺回一个女人，而是在任何境况下都不要放弃的人生道理啊！"

第七章

离开世界上的另一个我

那年冬天，我们曾一同绽放，

燃烧了你我，

温暖了对方。

烟花虽易冷，情意却悠长。

我不叹匆匆过往，

只感恩，在最冷的冬日，你曾给我拥抱。

shī

[失]

《少年派的奇幻漂流》

派说："人生也许就是不断地放下，然而令人痛心的是，我都没能好好地与他们道别。"

石头记

村东头有一个小湖，形状弯似月牙，村里的人叫它月牙湖。村长是一位教书先生，给村子起了个大名，叫月牙村。

月牙村东头第一家，是石头家。石头是一个胖男孩，有一个瘦兄弟叫结实。自石头记事起，父亲就卧病在炕，好像家里的一副老家具，永远摆在那里。母亲怀了石头和结实时，一个算命瞎子对母亲说，她有克夫克子命。母亲吓了一跳，忙问他怎么办。瞎子说，把孩子的名字叫成石头，或者结实，就克不动了。秋天的时候，母亲生出了双胞胎，一个起名叫石头，一个叫结实。

两个人长到六七岁时，石头像一个圆水桶，结实像一根电线杆。旁人见俩人站在一起，谁都想拿刀削下点儿石头的肉，贴到结实身上。

结实也逗石头说："石头，你肉那么多，割下来点给我吧。"

石头说道："好呀。"石头找来菜刀，割腿上的肉。结实见流血了，吓傻了眼，赶忙去叫母亲。后来，母亲狠狠打了结实，骂道："我叫你骗你兄弟，我叫你骗你兄弟……"石头拉着母亲说："妈妈，你打结实干嘛，是我愿意给结实肉的！"

村里的孩子在一起玩，都喜欢欺负石头，结实总为石头打抱不平。可后来，结实也随着别人一起欺负石头了。时间一长，孩子们都习惯了欺负石头，石头也习惯了被别人欺负。夏天的月牙湖旁，种了许多西瓜，远远望去，像鸡场里下的翠绿鸡蛋，若隐若现。村里的孩子叫上石头和结实，一起去偷。一个大孩子说："石头，你在湖边放哨，有人来就去叫我们，明白吗？"石头点了点头。结实和那群孩子冲到西瓜地里，用尖石头砸开西瓜，甜甜地吃着。石头坐在月牙湖畔，望着湖面映出的自己，傻傻地笑着。

过了一会，结实和那帮孩子吃撑了，嘴里溢出西瓜红色的汁液，像流了血一样。那帮孩子跑出来叫石头，笑着喊："石头，走了，快回家吧。"石头笑着回家了。晚上睡觉的时候，石头凑到结实耳边，轻声说："那西瓜甜吗？"结实小声说："很甜的，我忘给你带一块了。"石头嘿嘿地笑，说："甜就好，不用给我带。"第二天，有人找到家里来，对母亲怒道："你怎么不好好管教自己的孩子，叫他们糟蹋西瓜。"母亲诧异道："你说石头跟结实去糟蹋西瓜啦？谁看见了呀？"那人说："村里的孩子都说有他们俩，还想抵赖呀。"母亲叫出石头和结实，对石头说："石头，你是好孩子，不撒谎，跟妈妈说，昨天你和结实去偷西瓜了吗？"石头看了一眼结实，说："就我自己去的，结实没去。"母亲把石头狠狠地打了一顿，比往常都狠，那人见了有些害怕，便转身走了。

到了上学的年龄，家里没有那么多钱，母亲想了好久，还是叫结实去上学。母亲对石头说："石头，等结实放学回来，让他教你认字。"一听到能认字，石头兴奋得又蹦又跳，活像一条刚从水里捞出来的鱼。石头见到村里的小孩子便说："我马上就要能认字了，我马上就要能认字了。"刚开始的几天，结实一从学校回来，就教石头认字。可教了一阵子，结实发现石头太笨了，用了四五天，才学会写自己的名字。后来，结实也懒得教他，随便找个理由敷衍石头，然后就出去跟别的孩子玩了。一天，石头对结实说："结实，你们的老师是男的还是女的？"结实说："女的，怎么了？"石头说："你能问她问题吗？"结实笑着说："当然可以呀。"石头说："我看你们都好几天没学新字了，你明天帮我问两个字，先教我学一下。"结实因为自己骗了石头，心里过意不去，便说："好，你想问什么字呀？"石头说："你帮我问问

'兄弟'怎么写？"结实点头答应了。

过了几年，母亲身体一日不如一日，结实上了高中。听说村西边的山里开了煤矿，石头便去挖煤挣钱，供家里开销和结实上学。高中在镇上，结实很少回家，石头每月要去给结实送生活费。结实对石头说过："学校管理严，不让出来随便见人的，石头，你把钱给看门的大爷就行。"石头默默地点点头。所以每次去，他都不敢进学校，乖乖地把钱留到看门的老大爷那，叫他转交给结实。有一次，结实偷偷地跟石头说："石头，这个月能不能多给我二百块钱，快高考了，用钱的地方多。"石头想也没想，说："嗯，你放心吧，你就好好念书就行，不用担心钱。"结实感激地说："还是石头好，来，我教你写字。"

又是一年夏天，月牙湖畔的西瓜熟了。石头买上一个，骑车送到了镇里的学校，对老大爷说："大爷，这是给结实的西瓜，到时候叫他给你切一块呀。"老大爷笑呵呵地说："不用了，不用了，孩子，这老远地跑来，你是哪里人呀？"石头说："我是月牙村的。"老大爷惊讶道："你是月牙村的？那结实难道也是月牙村的？"石头笑道："那当然了，我们是兄弟。"老大爷又要说："可是……"没等他说，石头抢上说："大爷，我要回去了，我那还有活儿呢。"

结实放假的时候，天气闷热，太阳像坠入大地的爱河一样，对大地毫不吝惜地倾洒着爱意。结实愤愤地回家，对石头说："谁叫你跟看门的大爷乱说话的？"石头害怕地说："啊，你们学校不让呀？"结实顿足道："可不不让嘛。"石头忙说："那下回什么都不说了。"结实对石头说："马上要高考了，我需要点钱。"石头说："要多少？"结实说："一千块。"石头犹豫了一下，说："嗯，没问题。"

六月，高考的时候，镇里人心惶惶，仿佛高考之后，人就要下地狱了，也有淡定自若的，可能事先知道自己要进天堂。高考的时候，石头在矿井下加班，为了答应结实的那一千块钱。石头在心里不断地念叨："结实，你一定要好好考呀，一定要好好考呀……"谁知那天，矿上发生了塌方……

　　结实高考完，和同学说好去市里玩，回家跟石头要那一千块钱。当他回到家里的时候，见到许多人围在家门口，他赶忙跑过去问母亲怎么了。母亲指着地上的尸体，泣不成声说："石头……石头……"结实走到石头前面，见他身旁放着一个小本，结实打开来看，上面密密麻麻地只写着两个字：兄弟。

　　每年的夏天，结实都要去月牙湖畔，买上一个熟透的西瓜，吃下一半，留上一半。

And if thou wilt, remember,
And if thou wilt, forget.

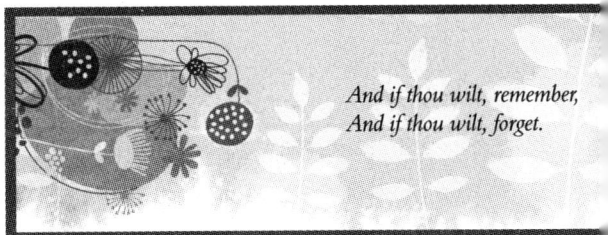

　　几米说："多年以后，我们都长大了。经过谎言，承受欺骗，习惯敷衍，忘记誓言，放下了一切。世界惩罚了我们的天真，磨损了我们的梦。但内心还是不断地闭合，勇敢地开放，一往无前地爱。"

还当你是兄弟

　　我在滨湖小区门口遇见汤嘉城的时候，他正和一个男人抱在一起，还落了眼泪。我对这样的场景非常好奇，很想去探个究竟。

　　他刚把那个男人送走，正往小区门走。我叫了一声："嘿，老同学，好久不见。"他就回过头来，一脸迷茫地看着我。当然，我不是他的什么老同学，我开玩笑说这是我搭讪帅哥的套路。然后我们相谈甚欢，还好我不是一个让人心存敌意的人。他告诉我他叫汤嘉城。

　　汤嘉城说刚刚送走的人叫王伟明，是自己的初中同学，上学时学习不好，老师安排座位时让他坐到自己身边，希望他能得到汤嘉城的帮助。结果王伟明说自己不是读书的材料，顾自玩到了毕业，却给了汤嘉城不少帮助。汤嘉城觉得这样的人和自己没什么共同之处，虽然王伟明曾表示过汤是自己的好兄弟，但毕业之后，两个人便各自天涯，少有联络了。

　　直到今天，王伟明突然出现在自己家门口。王伟明是到了汤嘉城家门口给他打的电话。接到那个电话的时候，汤嘉城想，这么多年未见，莫不是有什么事情来求自己帮忙。汤嘉城这么想是可以理解的，因为他恰好刚升了职。顾着面子，汤嘉城什么也没说。王伟明进来的时候拿了一个黑色的塑料袋，没等汤嘉城去接，就直接"咚"的一声放在了他家那很高级的地板上。

　　汤嘉城看出王伟明这几年混得不好，头发乱蓬蓬的，衣服也灰突突的，样貌也明显比自己老上那么几岁。他给王伟明拿烟，王伟明放在鼻子上闻了一遍。抽了一支烟，王伟明就开始满屋子转悠，一边夸赞汤嘉城的房子大，一边还从果盘里拿了一个苹果，把苹果在身上擦了几下就啃了起来。这些让汤嘉城多少有些不快。他觉得自己面前的这个人越来越陌生，和他现在周围的交际圈子格格不入。他不穿名牌，不吃西餐，不懂时尚，甚至不会客气。他想让王伟明赶紧说出自己来的目的，然后想办法让他走人。

汤嘉城自顾自地猜想着，无事不登三宝殿，王伟明定是有事情要来求他。或许是借钱？因为王伟明说，你们小两口日子过得不错啊，瞧这房子，这家具，高材生就是不一样，动动脑子就能赚大钱。汤嘉城赶紧接下话茬，说房子是贷款买的，都是打肿了脸充胖子。王伟明不以为然，说瘦死的骆驼也比马大。汤嘉城便说，拿多少钱受多大累，我们也不容易，听说你一直在摆地摊，不如找个稳定的工作吧，比如当个保安什么的，咱们班的大个不是在保安公司当队长吗？汤嘉城想把事情推出去。

已经不摆地摊了，租了个小门面，凑合着，还挺好的。人啊！要学会知足，轻轻松松的，别那么多尔虞我诈，满身的铜臭气。

听了王伟明的这话，汤嘉城只好敷衍着"嗯……啊……是"。后来两个人就开始聊上学时的一些事情，和一些共同认识的人。不知不觉到了饭点了，汤嘉城留王伟明吃饭，心里还在嘀咕着这小子到底来想干什么，怎么还不快点儿说。这个星期六老婆不在家，他正想好好放松一下，结果却被这个不速之客搅和了。

王伟明对汤嘉城去外面吃饭的提议并无兴趣，一边表示自己回家吃，一边继续刚才的话题。直到一点多钟了，王伟明才起身，说不能耽误他吃饭，就是见到他高兴，一下子就忘了时间。

汤嘉城假意寒暄了几句，就将王伟明送出了门口，关了防盗门。他叫了一份外卖，然后拿起王伟明带来的塑料袋子看，里面全是山芋干。山芋干是当年他最喜欢吃的零食，那时候大家的家庭条件都不好。王伟明有个姑姑在乡下，总能给他带来很多的山芋干，王伟明总是很大方地送给汤嘉城。

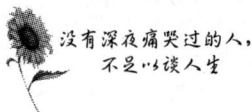

看见这些山芋干，汤嘉城有了些许的感动。这时候，他的电话又响了，是王伟明。他突然想，这小子不管有什么事情求自己，他都答应，就冲这个山芋干也得答应。

可王伟明在电话里说小区太大，自己迷路了，让他指引个方向。汤嘉城说，你站在门口别动，我送你出去。汤嘉城提着外套就跑了出去，看见王伟明站在楼下，推着一辆脏兮兮的自行车。两个人一路往外走，汤嘉城说要不吃了饭再走吧。王伟明却推脱，汤嘉城看出他也是真心的。送到门口，汤嘉城终于忍不住了问，兄弟，你今天来找我到底有什么事情？你直说，我要是能帮上忙，绝不说二话。

王伟明笑了，说真的没有什么事情，就是做了一个梦，梦见汤嘉城生病了，想起他上学时候身体总是不太好，就来看看他，发现他现在过得不错，身板也没问题，就放心了。

王伟明说得不以为然，汤嘉城却忍不住落了泪，一把抱住了这个兄弟。汤嘉城说，这才是真正的兄弟，人这一生，能有这样一个兄弟，多幸福啊！

我一边听着他们的故事，一边突然想起了那些变了味的同学聚会。是啊！同学聚会。最初的时候，大家都兴高采烈地参与，而参与的目的却形形色色。混得好的，带着炫耀的神色看着别人。混得不好的，希望能找到一根供自己攀爬的绳索。有的人甚至还想要和那个当年的他（她）重修旧好，搞点暧昧。

在聚会上，几乎所有的人都在粉饰着自己的生活，说着虚假、炫耀的话。人的欲望总是不断地攀升，现实与期望的落差也越来越大。人们只会不停地失望，结果，一定会受到虚荣深深的伤害。后来，那些聚会就从大范围变成了小群体。这一厢是商业洽谈会，那一厢是一夜情平台。人们怀着各自的目的，加入到属于自己的小团体当中，把酒言欢，戴着虚伪的面具，说着一些言不由衷的话。他们不再试图介入到别人的圈子中去，因为别人的圈子不能给自己带来利益，甚至害怕圈子外的人窥探他的底细，当然要远远地躲着。结果，人们忘记了同学的本质，忘记了那些一起备战考试的不眠之夜，忘记了那些在一个饭盆里吃方便面的香味，忘记了一起听过的歌曲，忘记了那个住在上铺的兄弟。

社会就是这么现实，将人分成三六九等的同时，也将当年的同学情谊一并分割了。我不知道还有多少人能像王伟明一样，将别人永远当成自己的兄弟？我也不知道能有多少人像汤嘉城一样，还能有这样一个兄弟？

wù

[悟]

And if thou wilt, remember,
And if thou wilt, forget.

约翰·列侬说："当我们正在为生活疲于奔命时，生活已离我们而去。"

玫瑰花茶

　　生在高纬度的北国的他，喜欢喝茶，常用硕大的玻璃杯子，泡了浓茶，大口大口地痛饮，极少用那精致的茶具慢慢品味。对于神奇玄妙的茶道，他的兴趣也不大。

　　近年来，他突然喜欢上了用各种植物花朵泡的花茶。很多时候，无需啜饮，单是捧着那透明的玻璃杯，端详杯中渐渐绽开的那形形色色的花朵，便会有馨香悠悠飘过，令唇齿顿生芬芳。真的，橘色的金盏花，白色的菊花，金黄色的萱草花，淡紫红色的玫瑰花……那些曾在枝头汲了阳光和雨露的花瓣，如今，又重新在温热的清水中盛开，依然美丽灼灼，清香四溢。

　　无意间点开朋友博客的链接，他遇见了她——那个喜欢美食的江南女子。她在博客里贴了许多各地小吃的精美图片，还配了简洁的文字点评，她的博文也多是如何制作风味独特的小吃的技法介绍。匆匆浏览一下，口舌便已悄然生津了。

　　一个爱美食，一个好佳饮，两个人很快便成了交流亲密的好友。

　　没想到，她对品香茗也十分在行，细细地说起茶道来，让他不禁心生叹服。一日，她说过一段时间，会给他寄一份精致的玫瑰花茶，让他品鉴一下。他欣然，闭了眼睛，猜想她的玫瑰花茶，该是怎样的与众不同呢？或许是选了长在特别地域的特别的玫瑰花树，挑了特别的时辰采集了特别美的花瓣，又用了类似家传秘方的技法，做了特别的加工吧？这样想着，不禁更加期待她那神奇的玫瑰花茶了。

跋山涉水的玫瑰花茶被信使快递到他手上，他急切地打开那层层包装，却骤生困惑：这分明是一包自己多次品味的寻常绿茶啊，哪里是什么精致的玫瑰花茶？肯定是弄错了吧？

他心有不甘地抓了一些茶叶，放进那个大号的玻璃杯。很快，茶叶便一一地舒展开来，一片片摇曳的翠绿，像极了他喝过的那种名曰青山绿水的绿茶。

端起杯子，他喝了一大口。没错啊，就是那熟悉的青山绿水的茶味。

再喝，仍是那种绿茶的味道。他便把杯中的茶水咕嘟咕嘟地"牛饮"下去。

犹豫了两天，他还是忍不住在她的博客里留言，说她寄给他的是一包绿茶，并非所谓的玫瑰花茶。她的回复简单明了：没错，就是玫瑰花茶。

还能说什么呢？既然她已一口咬定，权且默认那是玫瑰花茶吧。他回了"谢谢"二字，不再说什么。此后，好长一段时间，他没有再登陆她的博客。她寄来的茶，那天被他随手送给了一位爱品茶的女同事。

晚上，同事打电话惊喜地问他："你从哪里弄来那么好的茶？味道简直是妙不可言！"

"不过是寻常的青山绿水茶，并没有什么特别啊！"他被同事弄得一头雾水。

"不对，那茶含在口中，细细地品，有淡淡的花香，从内到外缭绕着，*丝丝*缕缕，像是……"同事似乎还沉浸其中。

"像是玫瑰花？"他脱口而出。

"对，对，就是玫瑰花的味道。"同事兴奋地喊道。

"真的是玫瑰花茶？"他仍有些疑惑地摇头。

"果真是极品的玫瑰花茶啊！告诉我，到哪里去买来。"同事没有听出他语气里的疑问。

放下电话，他赶紧上网，打开她的博客，看到她最新贴上的一篇博文，他猛地呆住：她寄给他的的确是玫瑰花茶，只是没有让玫瑰花直接出场，而是选了玫瑰花的灵魂——选上好的青山绿水茶，平铺于陶瓮中，在玫瑰花极盛之夜，将陶瓮置于花下，接纳一滴一滴自玫瑰花瓣上滚落的露珠，让那汲了玫瑰花精髓的露珠一点点地浸润茶叶，然后慢慢阴干。如是，才能收获非同寻常的玫瑰花茶。

原来如此！

她以为他懂得茶道，便慷慨馈赠自己的旷世珍品，他却没能够细心品鉴，没能发觉那看似寻常的背后藏着的神奇和美丽，还对她的美意产生了无端的猜疑。他不禁羞愧地在她那篇博文下面留言："玫瑰花茶，一叶清心，一瓣清脑。"

从此，他学会了慢慢地品茶，慢慢地品味生活。他惊讶地发现：无数的美好，就在慢慢地品味中浮现出来，凸现出来，那样亲切地簇拥在身边，一如那吸纳了天地精华的玫瑰花茶。

nuǎn

[暖]

吉本芭娜娜说："在这个世界上，
当你在某些地方失去了多少力量，你就
能在其他地方获得同等分量的力量。"

知道你冷，所以我来

　　大四那年，曾资助过他读书的那位老板找到他，让他做一次"枪手"，帮其侄子替考闯过公务员笔试那一关。老板再三强调各个环节都已打通，他只管放心去考试，保证不会出任何差错。老板还递给他一万块钱作为替考的报酬。

　　一方面出于报恩，一方面他此时特别需要钱，因为父亲拖了许久的老胃病又犯了，急需住院费。另外，老板又一再保证他已做了万无一失的周密部署，他便不再拒绝。

　　像老板说的那样，他顺利地帮助老板的侄子通过了笔试一关，却没想到，在他即将毕业进入那家已签约的大公司时，老板的侄子在面试时再度作弊被发现，并由此牵扯出他参与笔试作弊的问题。很快，他受到了学校严厉的处罚：开除学籍。他不仅因此失去了一份好工作，连以后的工作都难找了。

　　刚结识的女友也立刻与他分手了。一重打击又加一重打击，他欲哭无泪，眼下和未来在他心里都是一片黯然。他茫然地走出大学校园，面对大街上喧嚷的人流和车流，他真不知道自己接下来的路该怎么走。

　　摇摇晃晃地走过那高高的过街天桥时，他脑海闪过那个念头——纵身往下一跳，就此彻底解脱。但是，远方山村里，父母苍老的身影和热切期盼的眼神，又无比清晰地在他心头闪过。他告诉自己：所有的苦自己都得咽下去，所有的难自己都得扛起来，他别无选择。

冷静下来，他决定先不把事情经过告诉父母，自己先留在京城打拼，等以后拼出一方天地以后再说。主意打定，他先在市郊一家公寓租了一个床位，然后赶赴各个人才市场寻找一份维持生活的工作。

因为没有大学毕业证，他只得接受一家货运公司很脏很累而报酬很低的工作。对此，他只能先忍了，因为他此时没有与用人单位讨价还价的资格。

那天快下班时，他与工长吵了两句，窝了一肚子气，拖着一身疲惫回到住处。刚踏进那个残雪凝冰的破落小院，他便愣住了，眼前站着的是他下一年级的小师妹，一个长相清秀的北京女孩，他在校广播站做编辑时，她是播音员，曾有过两次简短的交谈。

"你怎么找到这里来了？"他已换了手机卡，以为没有同学和朋友会知道他住在这里。

"想来看看你，总会有办法啊！"她浅浅地一笑，把手里的一网兜水果递过来。

"谢谢你！快回学校吧，不要再来这个破地方了。"他不愿接受怜悯和同情。

"这个地方的确很破，但比我曾住过的地方还是好多了，前面那个大水塘里还有鱼呢，我下午还看到有人在那破冰捕鱼呢。"她轻轻地搓着冰凉的手。

"是吗？你什么时候住过比这更破的地方？"此刻，他的身体和心都还凉着，他突然希望有人和自己聊聊。

"找个暖和的地方，请我喝一杯酒，给你讲讲我的故事。"她真有慧眼，一下子明了他的心思。

他随她来到她已看好的附近一个农家小饭馆，选了一个带火炕的单间。

热乎乎的火炕，让他突然有了到家的感觉。一坐下来，她又提条件了："我来请你喝白酒，因为知道你我酒量都有限，花钱少，等花钱多的时候你再请。"

看着她一脸的认真，再听她那叫人心暖的理由，他点头同意了。

其实，她和他一样平时都不喜欢喝酒，但那一刻，他们都特别想喝酒，几口地道的北京二锅头下肚，他和她都被呛出了眼泪。她脸红扑扑的，更漂亮了。

品着暖口暖心的酒，她给他讲了自己小时候生病，家里没钱买药，父母流着泪看着她硬挺着，她最后竟大难不死，原来靠卖糖葫芦维生的父母，竟然还做大了买卖，让一家人拥有了北京的户口。听了她那令人唏嘘不已的遭遇，他也敞开了心扉，向她讲述自己坎坷的求学经历。

两个人讲到动情处，便一边擦眼泪，一边响亮地碰杯。他们忽然发现：原来，他们对于人生有着相通的感受。

那晚，他没再懊悔替考的事情，没再感伤被学校开除的结果。她也没对他说跌倒了再爬起来之类的励志打气的话，他们回忆从前的那些苦日子，也谈了各自以后的打算。

出了小饭馆，迎面而来的料峭寒风，似乎也没了往日的冰冷。他由衷地感谢她这个时候来看他，能够听他倾诉淤积在心里的愁苦。她笑着说得感谢他，是他让她再次咀嚼了生命中那些宝贵的磨难，有了做得更好的冲动……

她乘末班车回学校了，他仍站在那里，望着她远去的方向，心潮翻涌。

知道她安全地回到宿舍了，他实在忍不住又发短信追问她："为什么今天非要来我这里？"

"知道你冷，所以我来。"她简洁的短信，让他立刻想起了那个秋风乍起的夜晚，他在广播站值班，她站在门口关切地提醒他："天凉了，别感冒啊。"

"知道你冷，所以我来。"八个让人心暖的字，八个让人心动的字，最最寻常的字眼里凝满了真挚的爱意，几多关切，几多期许，让愁绪散落，让沮丧遁去，他一遍遍地读着那八个一生珍藏的字，深深地将感激埋藏在心底。

三年后，他在北京拥有了自己的文化公司，拥有了值得骄傲的事业和幸福的家庭。无数次，他向妻子和朋友们讲起他最心灰意冷的那段日子，讲起她的到来，讲起那温暖他一生的八个字——"知道你冷，所以我来。"只那么轻轻地启齿，便有柔柔的暖意，穿过悠悠岁月，唤起生命中那些刻骨铭心的往事，清新而美好。

xiàn

[献]

And if thou wilt, remember,
And if thou wilt, forget.

《云图》

　　"我们的生命不仅属于自己。从生
到死，我们和其他人相连，无论前世，
还是今生。我们的每一个罪行，每一个
善举，孕育了我们的未来。"

天使穿了我的衣裳

那个春天，她看到所有的枝头都开满了同样的花朵：微笑。

大院里的人们热情地和她打着招呼，问她有没有好听的故事，有没有好听的歌谣。她回报给人们灿烂的笑脸，忘却了自己瘸着的腿，只感觉到自己快乐的心，仿佛要飞起来。

她感觉自己仿佛刚刚降临到这个世界，一切都那么新鲜。流动着的空气，慢慢飘散的白云，耀眼的阳光，和善的脸。

她知道，这一切，都是姐姐变戏法一样变出来的，一个阳光明媚的美丽世界。

她和姐姐是孪生姐妹，长得一模一样，唯一不同的地方就是她是个瘸子。她怨恨上帝的不公平，怨恨一切，碗、杯子、花盆，所有她能触到的东西都会是她的出气筒，她的世界越来越窄小，小得容不下任何一双关爱的眼神。

由于天生的残疾，走起路来不得不很夸张地一瘸一拐。如果这张脸不美也就罢了，上帝还偏偏让她生了如花的容颜。这两根丑陋的枝条怎么也无法配得上那朵娇艳的花朵，她总是这样评价她的双腿和她的脸，所以她很少走出屋子，更不敢来到大院。每天躲在家里，怕见别的小孩，惊恐地张望着外面的世界。

　　她给自己留了一扇窗子，可以看到外面的世界。看到健康的人，看到那些笔直的腿，看到那些漂亮的衣服，看到那些蹦蹦跳跳的快乐的身影，所有的一切都让她的悲伤更加浓烈，无法自拔。

　　生日的时候，仅仅比她大几分钟的姐姐送给她一件礼物：一个会跳舞的洋娃娃。她当时就把它扔到了一边，她歇斯底里地喊："明知道我是个瘸子，还送给我这个能跳舞的东西，是要讽刺我吗？"眼泪在姐姐的眼里打圈，可姐姐却在不停地安慰她。她知道，姐姐很无辜。

　　她死活不肯去学校上学，父母只好节衣缩食，为她请了家教。学习的内容和学校里的课程同步。由于她的刻苦，学习成绩一直很好，每次和姐姐做相同的试卷，她都会比姐姐高出几分。每次考完，父母都会夸赞她一番，相反把姐姐训斥一顿，嫌姐姐在学校不用功，总是贪玩。这让她心里很平衡，下决心要好好学习，一定要用广博的知识来弥补自己身上的缺陷。

　　那个夏天，妈妈为她买了一件很漂亮的粉色套裙。她偷偷地穿上，感觉自己像一只翩翩欲飞的蝴蝶，只是不敢走动，怕她的丑陋显露无遗。她喜欢她的粉色套裙，爱极了那种灿烂的颜色，只是，她依旧悲伤，哀叹自己是断了翅膀的蝴蝶。

　　所以她还是不敢走出屋子，每天对着镜子，悲伤地望着镜子中那只一动不动的蝴蝶。她用冷漠把自己制作成了标本，一只凝固了的蝴蝶。

　　由于身子虚弱，每天中午都必须补上一觉。可是最近，她总觉得睡不踏实，总有一种是梦非梦，恍恍惚惚的感觉。

　　那天中午，她在恍惚中听到有人蹑手蹑脚地进来，朦胧中看到姐姐，偷偷拿走了她的粉色套裙。她觉得好奇，想知道姐姐到底要做什么，便装着发出鼾声。

　　透过窗子，她看到姐姐穿起她的粉色套裙来到了大院。她尽力压制着心中的妒火，想看看姐姐到底在做什么把戏。她看到姐姐热情地和每个人打着招呼，让她惊讶的是，姐姐竟然学着她一瘸一拐的样子走路，简直惟妙惟肖，让她感觉到那个人就是她自己。而她自己心里清清楚楚，纵是给她加了三千吨油，也是没有勇气走到大院去的。

一连很多天，姐姐都会在中午趁她午睡的时候，来偷穿她的衣服。

有好几次，她想揭穿她，但最后都强忍了下去。人都是爱美的，姐姐也不例外，况且姐姐的舞跳得那么好，应该有件好衣服来配她的，只是她不理解的是，为什么姐姐不好好走路，偏偏要学她的样子一瘸一拐的呢？

每天中午，她都会透过窗子，看着姐姐一边帮奶奶们擦玻璃一边唱着动听的歌谣，一边帮婆婆们洗菜一边讲着她听来的笑话，逗得人们哈哈大笑。她不得不承认，姐姐才是真正的蝴蝶啊，姐姐让这个沉寂的大院春意盎然了起来。

这一切，她装作什么都不知道。

忽然有一天，姐姐对她说要带她到大院去走走。其实她的心一直是渴望出去的，像小鹿对于山林的渴望，像鸟对于蓝天的向往。整天闷在家里，空气仿佛都凝固了，让人透不过气来。她犹豫不决，姐姐却执拗得很，帮她穿上粉色的套裙，硬是架着她走出了房门。

那是个多好的春天啊！

她深深地呼吸着新鲜的空气，满眼都是绚烂的颜色。人们对她微笑，把好吃的，好玩的都争着抢着给她，她不明白为什么人们对她那么好，没有一点排斥和嘲弄，没有一点让人难堪的同情和怜悯，有的只是微笑，让人心旷神怡的微笑。

人们都说，有一个穿着粉色套裙、扎着两个小辫的活泼快乐的残疾小姑娘，给他们带来了很多欢乐，她是这里的天使。

尽管她走起路来一瘸一拐的，左右摇晃，姿态滑稽而夸张，但所有的人都认为那是天使的舞蹈。

后来她知道了，姐姐学她的样子，是为了让人们能够接受她，姐姐只想让她走出那个晦暗发霉的屋子。所有人都把姐姐当成了她。

后来她知道了，那件粉色套裙是父母给姐姐买的，准备让她穿着去省里参加舞蹈大赛。可是姐姐说，让妹妹穿吧，到时候管妹妹借就行了。

后来她还知道了，每一次她们同时做试卷的时候，姐姐总是故意做错几道题，总是让她的分数比姐姐高，姐姐说那样妹妹会高兴的。

"人们只当那个天使是我，其实不是，天使只是穿了我的衣服。"她在日记里写道，"感谢上帝，赐了一个天使来做我的姐姐。"

yōng

[拥]

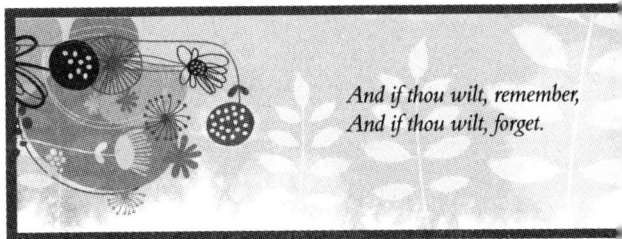

And if thou wilt, remember,
And if thou wilt, forget.

《重庆森林》

何志武说："每天你都有机会和很多人擦身而过，而你或者对他们一无所知，不过也许有一天他会变成你的朋友或是知已。"

踮起脚尖，就更靠近阳光

一

　　认识小鱼的时候，小鱼还在一家杂志社打工，做美编。我常给那家杂志写稿，基本都是小鱼给我配插图。她配的插图，总有让我心动的地方。如果说我的文字是咖啡，她配的插图，就是咖啡伴侣，妥帖、恰到好处。

　　起初也只是零星地聊聊，在QQ上，在邮件里。她把画好的插图给我看，一棵草，一朵花，在她笔下，都有恣意狂放的美。80后的孩子，青春张扬，所向披靡。

　　小鱼却说，她老了。

　　我哂笑："你若老了，那我还不成老妖精啦。"我说这话是有根据的，我比小鱼，整整大了十岁。

　　小鱼哈哈乐了，说："你就是练成了精的老妖精，多让我羡慕。"我却分明窥见她的忧伤，在那纷纷扬扬的笑声背后，像午夜的花瓣，轻轻飘落。

　　小鱼说："姐，我今天会做鸡蛋羹了。"

　　小鱼说："姐，我今天买了条蓝花布裙，很少穿裙子的我，穿上可是有万种风情呢。"

　　小鱼说："姐，我喝白酒了，喝完画漫画，一直画到大天亮。"

　　小鱼说："姐，我的新房子漏水了，气死我了。"我急忙回道："赶紧找物管呀。"她说："我找了呀，可大半天过去了，他们还没派人来，可怜我刚装修好的墙啊，漏出一条一条的小水沟，心疼死我了。"

不知从何时起，小鱼开始唤我姐，她把她的小心事跟我分享，快乐的，不快乐的。我静静听，微微笑，有时答两句，有时不答。答与不答，她都不在意，她在意的是，倾诉与倾听。

听她叽叽喳喳地说话，我的心里，常常漾满温柔的怜惜。隔着几千里的距离，我仿佛看见一个瘦弱的女孩子，穿行于熙攘的人群里，热闹的，又是孤单的。

小鱼说，她曾是个不良少年，叛逆，桀骜不驯。因怕守学校多如牛毛的规矩，初中没毕业她就不念书了，一个人远走异乡。

"当然，吃过很多苦啦。"小鱼叮叮当当地笑，对过往，只用这一句概括了，只字不提她到底吃过什么样的苦。"不过我现在，也还好啊，有了自己的房，九十平方米呢，是我画漫画写稿挣来的哦。"小鱼拍了房子的一些照片给我看，客厅，厨房，她的书房和卧室，布置得很漂亮。"书房内的阳光很好，有大的落地窗，我常忍不住跷起脚尖，感觉自己与阳光离得更近。"小鱼说。我看见她书房的电脑桌上，有一盆太阳花，红红黄黄地开着。我问："小鱼也喜欢太阳花啊？"她无比自恋地答："是的啊，我觉得我也是一朵太阳花。"旋即又笑哈哈问我："姐，你知道太阳花还有一个名字叫什么吧，叫死不了。"

小鱼说，她给自己取了个别名，也叫死不了。

二

二十五岁，小鱼觉得自己很大龄了，亦觉得孤独让人沧桑与苍老，开始渴望能与一个人相守，于是小鱼很认真地谈起了恋爱。

小鱼恋上的第一个，是个小男生，比她整整小四岁。他们是在一次采访中认识的，彼时，小男生大学刚毕业，分到一家报社实习，与小鱼，在某个公开场合萍水相逢了。小鱼自然大姐大似的，教给小男生很多采访的技巧，让小男生佩服得看她的眼神，都是高山仰止般的。

小男生对小鱼展开爱情攻势，天天跑到小鱼的单位，等小鱼下班。过马路，非要牵着小鱼的手不可，说是怕小鱼被车子碰到了；大太阳的天，给小鱼撑着伞，说是怕小鱼被太阳晒黑了。总之，小男生做了许许多多令小鱼感动不已的事，小鱼一头坠进他的爱情里。

我说："小鱼，比你小的男孩怕是不靠谱吧？他们的热情，来得有多迅猛，消退得也就有多迅猛。"小鱼不听，小鱼说："关键是，我觉得我现在很幸福。"

那些天，小鱼总是幸福得找不着北，她的QQ签名改成：天上咋掉下一个甜蜜的馅饼来了？它砸到我的头啦！她说小男生陪她去听演唱会了。她说小男生陪她去逛北海了。她说小男生给她买了一双绣花布鞋……我一边为她高兴，一边又忧心忡忡，以我过来人的经验，爱情不是焰火绽放时的一瞬间绚丽，而是细水长流的渗透。

我的担忧，终成事实，一个月不到的时间，小男生便对她失了热情。她发信息，他不回。说好一起到她家吃晚饭的，她做了鸡蛋羹，还特地为他买了啤酒，等到夜半，也没见人来。打电话给他，他许久之后才接，回她，忘了。小鱼把自己关在家里，喝得酩酊大醉。

小鱼问我："姐，你说这人咋可以这样呢？怎么说爱就爱，说不爱就不爱呢？"我不知如何安慰她，我说："小鱼，可能上帝觉得他不适合你，所以，让他走开。"小鱼幽幽地说："或许吧。"

小鱼的第二段爱情，来得比较成稳。是传统的相亲模式，经朋友介绍的，对方是IT精英，博士生，三十五岁的大男人。第一次见面，一起吃了西餐，吃完小鱼要打的回家，他拦住，说："我送你，一个女孩子独自打车，我不放心。"只这一句，就把小鱼的魂给勾去了。

他慢慢驾着车，并不急于送小鱼回家，而是带着小鱼到处逛，一直逛到郊外。他明白地对小鱼表达了他的好感，他说他是理科生，写不好文章，所以特别崇拜会写文章的人。傻丫头一听，喜不自禁，夜半时分回到家，竟一夜辗转不成眠。

小鱼很用心地爱了。大男人买了她喜欢的书送她。教她做菜，做剁椒鱼头，虾仁炒百合。于是小鱼天天吃剁椒鱼头和虾仁炒百合。据她说，她的手艺，练得跟特级厨师差不多了。"姐，等你来，我做给你吃，保管你喜欢。"小鱼快乐地说。

小鱼给我发过大男人的照片，山峰上，他倚岩而立，英气逼人。我又有了担忧，这个人，太优秀了，太优秀的人，不适合小鱼。

还没等我说出我的担忧，小鱼那边的爱，已经搁浅了。小鱼只告诉我，他太理智了，就结束了这段让她谦卑到尘埃里的爱情。

小鱼后来又谈过两场恋爱，每次小鱼都卸下全部武装，全身心投入地去爱，但都无疾而终。小鱼很难过，小鱼问我："姐，你说好男人都哪去了？为什么他们都看不见我的好？"

我只能用冰心安慰铁凝的话来安慰她："你不要找，你要等。"

缘分是等来的吗？对此，我也很不确定。

三

深秋的一天，晚上八九点，我正在电脑前写作，小鱼突然打电话来："姐，我看你来了，在你们火车站，你接我一下。"

我大吃一惊。与小鱼相识这么久，我们愣是没见过面，我曾说过要去西藏，小鱼说，那好，我们就在西藏见。可现在，她竟突然跑了来。

世上有两种女子叫人感叹，一种是初见时惊艳，细细打量后，却平淡了。一种是初见时平淡，相处后，却越发觉得她的艳，举手投足，无一处不充满魅力。小鱼是后一种。

车站相见，小鱼给我的感觉很平淡，个子矮小，穿着随意。她看着我，眉毛眼睛都充满欢喜，亲昵地偎着我，唤我姐。我越来越发觉，她极耐看，大眼睛，还有两个小酒窝，甜美极了。

陪她去吃饭，陪她住酒店。她一张小嘴噼呖啪啦个没完，说她路上的见闻，说她想给我一个惊喜。"姐，你吓着了没有？"她调皮地冲我眨着眼，把她从新疆带回的一条大披肩送给我，披到我身上，欣喜地望着我说："姐，你很三毛哎。"她在我面前转了一个圈，再看我，肯定地点头："姐，你真的很三毛哎。"

那一夜，我们几乎未曾合眼，一直说着话。在我迷糊着要睡过去的时候，她把我推醒，充满迷醉地说："姐，你说，多年后，我们会不会被人津津乐道地说起，说有那么一天，两位文坛巨星相遇了，披被夜谈。"黑夜里，她笑得哈哈哈。我也被逗乐了，好长时间，才止住笑。

第二天，我带她去沿海滩涂。秋天的滩涂，美极了，有一望无际的红蒿草，仿佛浸泡在红里面，一直红到天涯去了。小鱼高兴得在红蒿草里打滚，对着一望无际的滩涂展臂欢呼："海，我来了，我见到我亲爱的姐姐了！"

我站在她身后，隔着十年的距离，我们如此贴近。我有一刻的恍惚，也许前世，我走失掉一个小妹，今生，我注定要与她重逢。

小鱼不停地给我拍照，一边拍一边说："姐，我要把你留在相机里，以后我不管走到哪里了，只要想到你，我都能看到你。"我也给她拍照，她在我的镜头前，摆足姿势，千娇百媚。

小鱼买的是当天晚上返回的火车票。车站入口处，她笑着跟我话别，跳着进去，突然又跑出来，搂紧我，伏在我的肩上哭。我心里也很难过，拍着她的肩，我说："现在交通方便得很，想看姐的时候，就来。一年来两回，春天和秋天。"她答应："好。"

我是后来才知道的，小鱼秋天来看我，有两件事她没跟我说，一、她又失恋了。二、她辞了工作。

小鱼跑到她向往的西藏去了，在布达拉宫外的广场边，她给我写信，用的是那种古旧的纸。在信里她写道："姐，原谅我的自私，我去看你，是去问你索要温暖的。你放心，我现在很幸福，可以自由地做自己喜欢的事，行走，和寻找爱情。我始终相信，只要踮起脚尖，就能更靠近阳光。"

是的，踮起脚尖，就更靠近阳光。亲爱的小鱼，在西藏，你应该轻易就能做到。

第八章
一群与我无关的人，打湿了天空

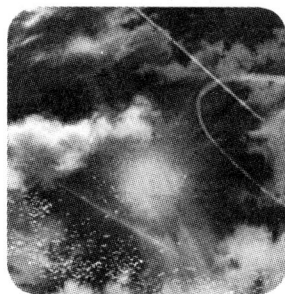

每一段悲伤的故事背后，
都有一双流泪的眼眸；
每一条苦难的河流前头，
都有一艘悲悯的小舟在温暖守候；
一撇一捺就是生命的结构，
爱是一种支撑，让我们直立行走。

cí

[慈]

Tiny grass, your steps are small, but you possess the earth under your tread.

　　莎士比亚说：“慈悲不是出于勉强，它是像甘露一样从天上降下尘世；它不但给幸福于受施的人，也同样给幸福于施与的人。”

母亲的"辛德勒名单"

　　母亲在肿瘤医院住院期间,认识了一些老姐妹。这些癌症患者经常在一起讨论各自的病情,时间久了,慢慢建立起一种相依为命的情感。临回家的那天,母亲与那些病友们都相互留下了各自的电话号码。

　　母亲眼神不好,回来后让我把那些电话号码工工整整地挨个儿抄下来。长长的一排,算上母亲自己,一共十二个危在旦夕的生命。

　　从此之后,家里的电话忙得不可开交,几乎每天都有母亲的病友打来电话,她们互相询问着病情,嘘寒问暖,相互鼓励,俨然成了天底下最知心的莫逆之交。

　　我真担心,如果有一天,那电话不再响起,母亲该有多难过。

　　而母亲每天都会守着电话,害怕错过每一个病友的问候。我对母亲说,"电话上面都是有来电显示的,如果谁的电话没有接到,我们给拨回去不就行了吗?"

　　母亲说,"不一样的。如果我当时没有接,她们会担心我先走了,会难过的。"

　　我们决定给母亲买个手机,这样母亲就可以随时随地接听病友的电话了。我把那十一个人挨个儿存进了母亲手机的通讯录里,仿佛存进去一笔巨额财产。

那是一群在死亡线上挣扎着的人，她们共同筑起了一道生命的墙。

这让我想起了"辛德勒名单"，不仅仅是母亲，那里的每一个人都有那样一本通讯录，那是她们要从死神手里抢回来的生命名单，每个人都是另一个人要拯救的对象。

起初，母亲是悲观的，在治疗上也不大配合我们，总认为自己迟早会死，往自己身上搭钱是浪费。我们用尽了各种办法使她振作，带她去听二人转，鼓动她参加秧歌队，可是都无济于事。后来，我们发现每次只要母亲和那些病友通过电话，就会变得开朗许多，心情舒畅。

所以，我们为母亲的手机多备了几块电池，保证母亲的手机一天二十四小时开着。一部小小的手机，分分秒秒传递着生命的讯息。

杨姨是十二个人中最乐观的一个，其实也是病情最为严重的一个。她的癌细胞已经扩散到了全身。但每次母亲在情绪低落的时候打电话过去，杨姨都会兴高采烈地给母亲讲一些她的"奋斗"经历。每次通过电话后，母亲都会开心好一阵子，因为生命又有了新的希望。

又一个阴雨天，母亲疼得厉害，心情变得很坏。我们赶紧替她拨通了杨姨的手机，杨姨爽朗的声音很快传了过来："喂，你好啊。我知道你是我的老姐妹。告诉你一个好消息，昨天去医院复查，医生说我的癌细胞控制住了，活个十年八年的不成问题。我现在忙着打太极呢，不和你说了。改天再聊吧！"杨姨的话像连珠炮一样，没等母亲问什么，那边就挂断了。虽然母亲没说上什么话，但知道自己的病友又多了一次"战斗胜利"的捷报，心里顿时敞亮了很多，感觉身体也不那么疼了。

直到有一天，母亲又给杨姨打电话，不承想却换成一个年轻人接的。他说："我妈妈去世已经半年了，她在临终前几天让我们替她在手机里录了好多录音。告诉我们不让关机，免得你们打不进来电话。"说到这儿，年轻人有些哽咽："阿姨，我不能再瞒着您了，这半年来，你们听到的，都是我妈妈的电话录音……"

挂了电话，母亲的手开始抖了起来。母亲拿过那本通讯录，用笔轻轻地把杨姨的名字圈了起来。那一堵生命的墙，忽然就裂开了一个缺口。我听到母亲喃喃地说着："他杨姨啊，你先走了，等些日子，我去陪你。"

我们的心跟着凉了。母亲一直依赖着的希望没有了，她的心会不会就此沉进谷底呢？

结果完全相反，母亲的做法让我们所有人都感到惊讶。一辈子没跳过舞的母亲，让我们替她报名，她要参加秧歌队！

穿着大红大绿的母亲，样子很滑稽，扭起的秧歌也很生硬，但不管在晨曦里，还是夕阳下，我看到的母亲都是最美丽的。我知道，母亲不仅仅是为她自己活着，她在为她的亲人们活着，也为那些"辛德勒名单"上的病友们活着，就像杨姨一样。哪怕让她们多活一天，都是一次成功的拯救。

病情又一次严重的时候，躺在病床上的母亲虚弱得很，额头上渗出大颗大颗的汗珠。这个时候，母亲的手机响了，我们知道，肯定又是病友打来的。母亲颤巍巍地接过手机，看了看那个电话号码，马上示意我们安静一下，然后清了清嗓子，用比平常高了八度的声音对着电话欢快地喊道："喂，老姐姐，你好吗？我啊，我好着呢，刚刚扭完秧歌，你看把我累的，气喘吁吁啦，哈哈……"

我们含着眼泪听着母亲在病床上撒谎。我们知道，杨姨走了之后，母亲终于成了那堵生命的墙上最坚强的那一块砖。

guāng

[光]

Tiny grass, your steps are small, but you possess the earth under your tread.

顾城说："在淡淡的秋季，我多想穿过枯死的篱墙，走向你。"

来啊，朝这里开枪

在云南的这个侦察大队里我见到了云潇潇。在见到她之前我听过关于她的一些传闻。云潇潇，女，三十岁，侦察大队队长，未婚，工作能力极强，肯动脑子又肯拼命，生得俊秀，脖子上挂着一枚红绳拴着的子弹壳。以上便是关于云潇潇的基本信息。

我在办公室里等她，继续准备这次的采访。她是执行任务归来。我不知道这一次她是否又会面临枪林弹雨，但是我知道她的一句名言："在执行任务中死去，便是死得其所。"这样的女人真的很彪悍，当然，我是说内心。终于在下午三点钟的时候，我见到了云潇潇。

很荣幸，这个叱咤风云的云队长接待了我。她坐在我对面，梳了头、洗了脸，那张风吹日晒的脸还是有些俊秀女人的风韵。她比我想象中的要细腻一些，这个我说的也是内心。我自认为有洞察人心——特别是女人内心——的特技，所以即便面前的云潇潇身材硬朗，肤质粗糙，像一块生冷的铁，我还是认为她是一个内心非常柔软的女人。

再后来，我就知道了关于云潇潇的秘密。这个秘密她隐藏了五年，那一年她二十五岁，第一次立下一个三等功。

二十五岁的云潇潇爱上了一个男人，侦察大队的副队长曾天伟。她给他发短信，暗示那些暗涌的情愫，他却仿佛不解风情。最终，她只得约他出来，他却说："从未想过要考虑个人问题。"显然，她被拒绝了。但她没放弃，从小到大，她都是倔强的人。她依然给他发短信，嘘寒问暖。直到三个月之后，曾天伟主动约了她。那天，云潇潇很高兴，精心地作了打扮。而那天曾天伟只是和她说起自己曾经的那段感情。那时候，他读军校，有个相爱四年的女友，毕业以后他来边防总队做侦察员。女友不答应，还托人找关系把他调到后方工作。他却不肯，于是，两个人分手了。他还对云潇潇说，他给不了她未来，这样的工作太危险，每个女人都需要一个安稳的家，而他终究给不了，他不想害了她。

听完这些的云潇潇非常失落，落泪了，但从此她更加珍惜这个伟岸的男人。她说，如果当时他没有抗拒，她一定会抱着他直到地老天荒。她知道他很累，他也需要一个女人做他的妻子，给他温暖的怀抱。他对自己那样苛刻，却对别人那样好。

曾天伟走了，头也没回。留在原地的云潇潇哭着哭着就笑了，也更加坚定了自己的这份信念，她愿意去默默等待一个美好的未来。

后来，她无意中看见战友的短信，竟也是发给曾天伟的。曾天伟有着"边防总队大众情人"的传闻。"这样的男人谁不爱呢？"云潇潇这样安慰自己。但她很想知道他又是怎样回复了别人的求爱。

她终究没有问，她觉得她和她们中的任何一个都一样，没有什么特殊的资格。没有得到曾天伟恋爱的传闻，便是对她最大的安慰。

那一天，是2005年6月3日。这个日子，云潇潇记得很清楚。曾天伟给她发了一条短信，说："等一下，你能不能站在一个显眼的位置上。"她没明白他的意思，给他打电话过去问，对方却关机了。

云潇潇正在琢磨这到底是怎么回事的时候，接到了紧急集合的通知，任务是抓两个正在交易的毒贩子，但不能真抓，要让他们逃掉，没有命令不能开枪，得到开枪命令也不能打到那两个人。

云潇潇知道这个任务很重要，因为参与的人员都是他们那儿公认的精兵强将，况且是最高首长来讲的话。后来她在那两个毒贩子出现的时候看见其中那个再熟悉不过的身影，是曾天伟。她终于明白了原来他在做卧底。照他说的，她站在一个显眼的位置上，看见他娴熟地向自己瞄准，扣动扳机。

她在医院的病床上想起她当年爱看的一个电视剧叫《上海探戈》，当两个孩子只能被救走一个的时候，父亲选择了放弃自己的亲生儿子。那一刻，云潇潇明白，自己的爱情降临了。只是她没想到，成功混入敌人内部当了卧底的曾天伟，成功地端掉一个窝点的曾天伟，一个将要给她幸福的曾天伟，竟然牺牲了。而她却因为在"放走毒贩子"的过程中与队友曾天伟配合完美而记了一个三等功。在荣誉下来的那一天，她去了他的墓地，她在他的墓前告诉他，从今以后，她会将自己的人生活成两半，一半给自己，一半给他。

五年以后，她成了如今大家眼中英勇的云队长，可她的脖子上却仍贴身挂着那枚从自己身上取出的子弹。她说那是曾天伟送给她的信物，那一刻她流了血，却成了他的女人。

说完这些，云潇潇脸上似乎笼上了一层薄薄的光，从那些光的来处，我分明看见她内心里最柔软的地方。告别的时候，她给我敬了一个军礼，眉眼里竟然有了曾天伟的模样。

cuò

[错]

Tiny grass, your steps are small, but you possess the earth under your tread.

《天气预报员》

　　大卫说："凡是有意义的事都不会容易。成年人的生活里没有'容易'二字。"

贼

第一次进城，李远见一下子就爱上了这里的高楼林立、车水马龙，却对城市本身毫无兴趣。好像男女相亲，男人看见了女人的相貌、身材和服饰，却无法看见女人的人品、性格和内涵。

李远见站在城市的最中央，从背包中摸出一个瘪皱的矿泉水瓶，瓶肚子上没有商标，里面装的是白酒，只剩下一半晃晃荡荡地舔舐着泛白的瓶壁。李远见看了一眼四周，小心地拧开瓶盖，瓶子发出喀拉一声呻吟，又被蹂躏了一次。李远见饮了一小口，眯起眼睛，回味无穷，顿感精神大振。他来的时日不短了，却一直找不到像样的活计，这想法让李远见又委靡起来，摸摸索索地从内兜里掏出一张和矿泉水瓶一样皱巴巴的纸片。纸片上面写着一串数字，李远见咬了咬牙，拎起丢到大街上都没人会捡的行李，径直走向了一家超市。

走到超市门口，李远见对门口卖东西的大妈说："同志，这里有公用电话吗？"

大妈从上至下地打量了李远见，目光马上挪向超市旁边的税务局，像少女看见自己的意中人，羞得目不敢正视。

李远见纳闷，也看了一眼超市旁边的税务局，心想："这建筑确实气派。"李远见以为大妈看得出了神，凑上前去，使劲喊道："同志，这有公用电话吗？"

大妈哎呀一声，转羞为怒，说："你没长眼睛呀，就在那放着呢，真是瞎了你那狗眼。"

李远见吓了一跳，拨了纸片的数字，一会儿，那边有人说："喂，谁呀？"

李远见笑嘻嘻地说："马叔，是我，李远见呀。"

马叔笑道："啊，李远见呀，你进城了？"

李远见不自然地撒了个谎，说："嗯，刚到城里。"

马叔说："嗯，一会打出租车，到天河小区，我在这里接你。"

李远见挂了电话，转身要走，大妈上去一把拉住他，说："给钱！"

李远见说："给什么钱呀？"

大妈说："电话钱啊！"

李远见说："打电话还要钱？你这不是写着公用电话吗？"

大妈说："谁说公用电话就不要钱了？"

李远见说："那公用厕所怎么不要钱？"

大妈一时说不出话来，忙说道："你给钱吧，你要是不给钱，我就找警察了。"

李远见最害怕警察了，忙扔下几块钱，匆匆跑了。

李远见听马叔说过，城里最多的车就是出租车。当时，老马还举了一个自认为很贴切的例子，车库里最多的就是汽车。李远见看去，路上最多的就是红色的车，一定就是出租车了。李远见站在路旁挥手，手臂都挥酸了，也没一辆车停下来。李远见没有办法，又挥了几下，迎面停下一辆大汽车。李远见看车肚子上有个大红十字，鲜艳如血。汽车里的人说："喂，你要坐车吗？"

李远见忙说："对对，要坐车。"

那人说："你要坐我们的车，必须献血。"

李远见心想，不就献点儿血嘛。李远见说："行的。"

李远见上了车，司机问："你去哪？"

李远见答："天河小区。"

一个女护士给李远见抽了一管血，说："你的血可真红呀。"

马叔把李远见接到住处，两个人畅饮了几杯，马叔说："你看你这身打扮，不行，不够专业，明天我给你弄弄。"

李远见说："来了就都听马叔的了。"

马叔又说："干咱们这一行的，你必须入乡随俗，你原来在县城里干活，穿成这样没事，现在来到市里跟着我，这可就不行了。"

李远见喝着酒，说："都听你的，听你的。"

周末到了，两个人来到这个城市最繁华的商业街。这里的人挤来挤去，正是下手的好地方。马叔说："现在我们分头行动，下午四点来这里集合。"

李远见说："好的。"

两个人分头走了，李远见早把一根长镊子藏在衣袖里，走起路来，手臂只能直摆，不能弯摆，好像胳膊里有钢板的残疾人。李远见看着来来往往的女人，娇美白皙，挎着背包，都不忍心下手。过了好一会，李远见看见一个熟悉的人，是公用电话处的大妈。大妈浓妆艳抹，穿着大高跟鞋，跨个大红包。李远见脑子里蹦出了想法，悄悄跟上了大妈。

大妈走到一家卖鞋的地方，蹲下来试穿。李远见慢慢凑上去，轻轻拉开一点大妈的大红包，颤颤地伸出长夹子，夹出一个红色小钱包。大妈正和店家埋怨："这鞋不合适呀，你看，我都穿不进去！"李远见转身要走，忽然发现很多人正在窥视他。那些人见李远见转身，也都急忙转过身去，各忙各的。李远见吓出一身冷汗，急忙走了。

李远见着实吓到了，躲在墙角像筛糠似的抖着，再不敢去夹别人了，只好在约定的地方等马叔。可一直等到下午四点，竟没见马叔回来。忽然一阵警笛声传来，李远见大吃一惊，赶忙找了一个银行，把大妈钱包里的钱都汇了出去。

李远见没敢回马叔的住处，一个人在大街上溜达，找了一个电话亭，拨了一个电话。李远见说："我是李远见，叫一下我娘！"

听筒里传来大声的吆喝，过了许久，那边应道："四儿？"

李远见听见那熟悉的小名儿，当时愣住了，声音抖着说："娘，是我。我给你汇了点钱，赶明儿带着我爹去镇上医院看看，再咯血的话……"

那边笑呵呵地说："四儿，你别担心，你爹和我都好着呢！"

"娘，我最近可能会忙，不能老打电话回去，老麻烦张婶也不好……"李远见忽然感到肩上一沉，他回头看了一眼，继续和母亲说道。

李远见认得那袖子，那是警察的制服。

jìng

[静]

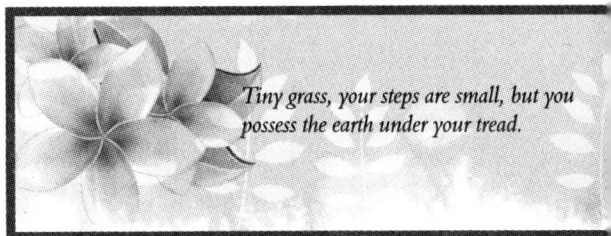

Tiny grass, your steps are small, but you possess the earth under your tread.

《勇气》

亚当说：“你必须做出选择，究竟
是为失去而恼羞成怒，还是为曾经拥有
而心怀感激。”

每天都有彩虹

　　一个年轻人每天经过一条街道上班时，都能看到一位满头白发的老人。老人坐在一个非常破旧的屋檐下，脸上带着满足和幸福的笑意。年轻人很不解，那个老人的衣着很一般，脸上也没有好生活滋养出来的光泽，一点也不像富贵家庭中养尊处优的老人，而且那么老，一眼望去便能知道他饱经沧桑。为什么这样的老人却有那么满足和幸福的神态呢？

　　有一天，心情郁闷的年轻人经过那个老人身边时，禁不住停下了自己的脚步。他在老人身边蹲下来，小心翼翼地问老人："老人家，您有退休金吗？"年轻人想，看上去这么满足的人，肯定会有一份不菲的退休金。但老人笑笑说："退休金？我没有的。"年轻人想想，又俯在老人的耳边说："那您肯定有一笔丰厚的积蓄了？"

　　"积蓄？"老人听了，又笑着摇摇头说，"我也没有。"

　　年轻人想了想，又问老人说："那么您的子女一定生活得很不错，有自己的公司，或者身居要职吧？"

　　老人一听，又摇摇头说："他们什么也没有，都不过是平常的工人，靠劳动挣工资，靠工资养家糊口而已。"年轻人一听，就更加不解了，他问老人："我每天从这里经过看见您，您都是很幸福、很满足的样子，老人家，您能告诉我这是为什么吗？"

老人说："我每天都在看天上的彩虹呀！""每一天？"年轻人更疑惑了，彩虹一年也就那么三两次，怎么会每一天都有呢？见年轻人不解，老人笑笑说："我这一辈子，讨过饭，逃过荒，背井离乡十几年，曾经好多次死里逃生，唉，真是没有少受过难，吃过苦。人生的酸甜苦辣，老头儿我都尝遍了，人生的辛酸泪水，我也流尽了。"老人笑笑接着说："可如今呢，我居有屋，食有粥，几个儿女虽说不才，却也每人都有一份自己的工作，有一份自己的薪酬，小伙子，你说我能不感到满足和幸福吗？我能不每一天都看到彩虹吗？"

老人顿了顿，又感叹说："其实哪一天没有彩虹呢？只是没留过泪的眼睛看不见，只要流过泪，人每一天都是能看到彩虹的。"

年轻人一听，心中顿时一颤。是啊，哪一天没有彩虹呢？

lián

[怜]

Tiny grass, your steps are small, but you possess the earth under your tread.

《玻璃樽》

阿不说："星星在哪里都很亮的，就看你有没有抬头去看它们。"

拿破仑

不知道他姓啥叫啥，可他的手机号码就贴在办公室电话机旁。差不多每周都有人打他的电话："喂，拿破仑，上来！"他提着蛇皮袋子扑通扑通上来了。坐在格子间里看他，只能看到额头以上，我们管他叫拿破仑，这外号，附近的几栋大楼的人都知道。别人问他为啥叫你这个名儿啊，他说，个子矮嘛。

看过的报纸，网购来的纸箱，喝完的茶叶罐，一股脑儿都给他，不要钱。他总要一脸笑，问，有没有活儿要搞的？一般没有，偶尔需要抬个大件东西，或者卫生间需要收拾，打个电话，他来了就做了，也不收费。

似乎干他们这一行的，都有隐约的地盘，就像他，这些年，一直盘踞在这地方。出来进去，总能看到他，两个四方的竹筐，一根竹子扁担朝筐子一横，他垂着脑袋坐在扁担上，看一张报纸，很闲，但一点也不慌张。

一直，我们是点头之交，直到有天他问我认不认得晨报记者，我说认识一个。他说，屋里的母牛下了双胞胎，他想上报纸。我说，这事真稀奇，没听说过啊。他说，牛下双胞胎才十万之一的机会。这让我好奇，问他怎么知道的，他说从报纸上看到的。我说，晨报有新闻热线啊。他说，打了，人家说，上两个星期才报了一头牛。我说，同样一个事情怕是不好登了。他说，可那不是我屋的牛嘛。这话让我笑起来，问他为啥一定要让牛上报纸，他说，上报纸了，有五十块的报料费。他问我能不能帮上忙。自然，这个忙没帮上，因为这次搭话，后来我们时常说几句话。

比如他老家离武汉四百里，他有两个儿子，一个在广州上大学，一个在武汉上大学，老婆在家里种地、养牛、喂鸡。我问他收入情况，他说写字楼的人素质高，废品都不要钱，他等于在这里捡便宜，一月能搞一千多块。他念过书，高小毕业，就是个子矮，婆媳妇耽搁好多年，差点就打单身汉子，没想到最后却给两个伢当爹。他嘿嘿笑，得意。

有天听说他犯花事了，"大出血"了，我们叹息人心不古。不想第二天看见他还兴高采烈的。问他，他开始不肯说。架不住我们再三追问，原来，他被派出所叫去了，说是有个小姐列了个名单指认他嫖娼，他一急要脱裤子验证，被喝止，然后要当面和那小姐对质，未能如愿。僵持时，进来了一个警察，一看是他乐了，问了情况，就让他走了。那警察怎么说的？他不好意思地说，人家说，这人我认得，养两个大学生好比千斤顶顶着……

他会唱些山歌，我听过一些，像《二十四孝》：行孝只为孝当先，儿媳孝婆婆心安，儿子孝父父心宽。不信单看古人名，董永卖身葬父亲，王祥为母卧寒冰，丁郎刻木为娘身，孟仲哭竹冬出笋，郭举埋儿天赐金。这样孝子代代有，万古流芳传如今。

还会唱《十爱姐》：一爱姐儿好人才，十人过来九人爱，仙女娃子下凡来。二爱姐儿好头发，梳子梳来篦子刮，盘个好头插金花……

立冬之后，武汉人总要腌鱼，单位都会发三五条大鱼，得有人来刺，每袋收十块钱。去年他早早说，今年他来刺鱼，钱让熟人挣好些。结果，他刺得慢，刀法还差，弄破了苦胆，我们也没怪他，付了钱，只是想着来年，不请他了。

昨天，他问我啥时发鱼，我说还不清楚。他说，这次发鱼之前跟他说一下，他让老婆来刺，那可是一把刺鱼好手！我说，好嘛。他说，这次不要钱，去年我没弄好……我说，这不好吧？他说，咋么不好？我大半年没回去，她又不肯来，用这个哄着她来，咋么不好？

他急匆匆的样子，让我大笑。他也大笑，两颗门牙的间距有点大，非常喜乐。他落了的左边槽牙，让我想起来他快六十岁了——别人的爹。

qíng

[晴]

Tiny grass, your steps are small, but you possess the earth under your tread.

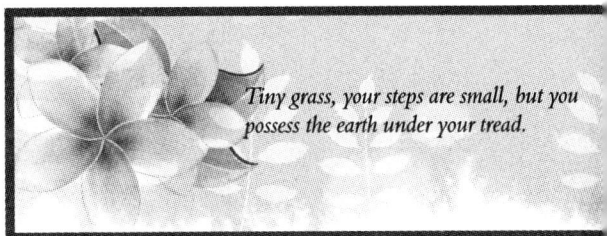

三岛由纪夫说：“人生就是靠着不断的遗忘，才比较容易活得下去。”

走在阳光季

　　阳光从窗台外倾泻过来，倾泻在一盆水仙花上。花半开着，花瓣儿有些像婴儿的肌肤，嫩得透明。阳光梳理着它的每一条纹理，它的蕊，被太阳的温暖泡软，朝着阳光，一点一点张开。鹅黄的，溢满香。有阳光照着，花是幸福的。有花开着，人是幸福的。

　　年后与年前的雨雪天气截然相反，天天艳阳天。阳光挥洒着下来，取之不竭的样子。屋顶上的积雪，消融得快，眼见着一堆堆白雪变成水，变成蒸汽，又回到天上。世间万物，原是无所谓消亡的，不是以这种形式存在，就是以那种形式存在。路上行人渐多，南来北往，红尘滚滚。风雪阻隔了回家的路，只有阳光的手掌，才能把受伤的路，与受伤的心，一起抚平。我听到隔壁老妇人欢快的声音，"老头子，儿子来电话了，儿子说，今天回家。"

　　替他们欢喜。有团聚，便有了天伦之乐，这是暮色人生里，最大的企盼与幸福吧。

　　阳光继续泼洒下来。半开的水仙花，一眨眼的工夫，竟全部盛开了。我微笑着想，若我也是一朵花，该怎样绽放着才好？我定也以完全融入的姿势，融入这场阳光里。

　　我想起一个老人来。老人是我家的远房亲戚，命运多舛。年轻时守寡，好不容易拉扯大唯一的儿子，本指望老来有个依靠，儿子却突然得了绝症。

她眼睁睁看着鲜活的儿子，生命一日一日衰竭，最终离她而去。

她的命苦啊，亲戚们都这样感叹。

新年，父亲嘱咐我去看她。那天的阳光极好，像长了翅膀的鸟，成群成群地飞过来。我到达时，老人正在阳光下晾衣、晒被子。老人慈善地望着我笑，面容平和，不见岁月的波澜。她在阳光下展开一床被子，被子上立即跳满阳光。她用手摩挲着被子上的阳光，半眯着眼，爱惜地感叹，多好的太阳啊。

原来，世间纵有万般苦，只要有这样的阳光在，就无法拒绝活着。

下午三四点，阳光仍然好。出门，拐个弯上街，想去报亭买份晚报。在街边突然看到一景，一个三轮车夫，熟睡在他的车子里。他半斜着身子，头倚靠着车的后座，睡得很香。阳光从他的正前方洒过来，铺他一头一身。

他大概载客载累了，抑或是这会儿的客少，而太阳这么好，他想好好享受一下阳光。于是他把他的车停到路边，对着阳光的方向。

一对年轻人走来，两个人本来大声说笑，当他们看到熟睡的三轮车夫时，不由得相视一笑，停了说话，轻轻走过去。又驻足回头望了一眼，这才走远。这份柔软与体贴，让我感动。

令我更感动的，是这个三轮车夫的熟睡。在阳光下，他沉睡的样子，像个毫不设防的婴儿。或许他也有辛苦无处安放，可那会儿，他把他，还有他的车，完全交给了阳光。那会儿，他安睡在阳光里，放松，安详。

quán

[全]

Tiny grass, your steps are small, but you possess the earth under your tread.

柴静说："生和死，苦难和苍老，都蕴涵在每个人的体内，总有一天我们会与之遭逢。我们终将浑然难分，像水溶于水中。"

这一回是睡着待客

大人小孩儿都管他叫三先生，说三先生放牛啊，三先生写字啊，三先生吃饭啊。三先生答一句，嗯。平常三先生寡言，可嘴角却总有笑，有人就说了，要是三先生肚子能大点儿，活脱脱一尊弥勒佛嘛。

在我老家，三先生是个能人。在农村，能人的标准首先是手巧。三先生手巧，把庄稼种得横看成行侧成列，会木匠活儿，会水泥活儿，又写一手好字，会画红牡丹，还懂草药。在农村光是手巧只能是个匠人，要成为能人，还得心灵。三先生心灵，十里八村谁有个纠纷，谁有个红白喜事，都要请三先生。三先生包了毛笔，去了之后，会在纸上列个条理，这时他一改木讷之相，变得滔滔不绝，一是一，二是二，把事情理得通通顺顺的。

三先生是个奇人。他年轻时在院子里种的牡丹，极高大，开得最盛的时候有三百朵花。有一年来了城里人想买，给的价钱无疑是很高的，三先生不卖。那人不死心，第二天又来问是不是嫌钱少了。三先生说，钱再多也不卖。那人问为啥，三先生只一句话："我要留着看咧。"

三先生是个好人。当然，除了两件事情。一个是他媳妇快要去世时，他上山砍柴，放声唱歌，并且唱的是酸曲儿。就有人说了："你媳妇快没了，你还有心思唱？"他说："我不唱也救不了她呀！"接着又唱开了。于是，就有人说他巴不得媳妇死好换新的。后来就不说了，因为三先生再也没找女人，每年媳妇的祭日，他总要做一桌菜端在坟前，唤媳妇的小名儿。

还有一个事是他写春联，几十年就那么一副："黄金无种偏生诗书门第，丹桂有根独长勤俭人家"。有人觉得他过于张扬了，张扬是要有资本的，问题是三先生没资本，不穷也不富，晚一辈也没有给他长脸的。虽说儿子在城里打工挣钱，但也不能把自家说成诗书门第吧？

但这些不影响乡亲宠爱、礼遇三先生。我和三先生的交往是从一本书开始的。那年我回家带了一本《庄子》看，他好像很高兴我看这本书。因为庄子，我们说了许多话，他说到庄子鼓盆而歌的事情，夸庄子是神人。我突然想起他当年唱歌的事情——也许跟庄子殊途同归？他知道我写点文章，隔日写了一句话："世事洞明皆学问，人情练达即文章。"纸还有空余，又写了一句："饥来吃饭倦来眠，眼前景致口头语。"我说："后一句是文字禅嘛。"他有一点吃惊，从此便对我刮目相看，四处扬我的名儿。

这般，我们就结成了松散的忘年交。我回老家，会到他那里坐一坐。他炒两个菜，温一壶酒，坐在屋檐下吃喝……一转眼，白霜已上头顶。

今年春天，他看上去消瘦多了，照例温了一壶酒，但这次他只是劝我喝，自己不喝，说是食道发炎了。我问有什么症状，他说有点噎，有点吐，已经吃了消炎药了。他这样说时，看了看那口新做的棺材。棺材放在堂屋的角落里，发着幽暗的光。接着他说："去年冬天做的，看着气派吧？"我点头称是。他说："你去摸摸。"我进屋摸了摸，他说："土漆漆的，白杨树做的！"

在当地，差不多的棺材都用柏木，没有人用白杨木做棺材，因为白杨树木质太松软。他看出了我的疑问，呵呵笑了笑说："现在村子里的年轻人都出去打工了，剩下的都是老汉半老汉，哪能抬得动几百斤的柏木棺材？"

又说："活着就是给人添麻烦，死了得让人轻松一下，最好是无'棺'一身轻嘛。"他又一次快活地笑了。

我劝他到县里医院做个检查，他说肯定要去一下的。

转眼到了夏天，有次我打电话给父亲，父亲说三先生得了食道癌，他儿子回来领着上县里看了，一天医院也没住就回来了，说是已经六十多岁了，多活半年有啥意思？我叹息了一阵子，想着哪天给三先生打个电话。不承想，还没打就接到他儿子的电话，要我劝劝他父亲。说是像头牛似的，一辈子只晓得辛苦，他是故意的，明明知道自己病了，就那样遮遮掩掩，领着他去了医院，人家医生一确诊，他倒高兴坏了似的，豁着牙笑，坚决不看病……"他这样一弄，让我们当儿女的咋想？他白白当了一趟爹，白白把我们养大，啥也不要我们的，这不是打我们的脸吗？"

话筒转到三先生手里，我劝他给儿女一个机会，就算是要死，也要减轻点痛苦。他温和地说了喝钡餐的事情，说那东西为啥会叫餐咧，看着怪恶心的。又说："附近得这个病的人多，也有做了手术的，不顶用，最后都啥也吃不了，都受罪，做了手术受罪时间还长些。儿女的想法也对，想要花钱，我当然要让他们花钱啦。"至于如何花钱，他说保密。

我无话可说，隔几天打个电话给三先生，开始他接，后来接不动了，是他儿子接的。他的病情一天天恶化，他儿子说他最大的愿望是死在秋天，说是天气凉了，气味小些。

三先生如愿死在初秋，据说昏迷了三次，都被儿女喊了回来。最后一次，三先生轻轻地说："别再喊了啊，我太累了。"

三先生去世之后，枕下压着一张纸，列了菜谱、烟酒，标准都高出当地丧礼许多，这也许就是他说的让儿女花钱的事情。菜谱的开头他孩子气地写着："这一回我是睡着待客。"

另外，他给自己写了一副对联：

上联：莫放春秋佳日过

下联：且饮故人酒一杯

横批：恕不远送

据说，十里八村的乡亲看着这副对联眼睛都湿了。

初冬，我回家，站在他的门前，那副对联依然鲜红。只是院子里没了他，挂在墙上的草帽让风吹落在地上，那牡丹的枝条看上去像是含着春天。